海鹽縣史志辦公室
海鹽縣檔案局 影印

澉水志四種

澉水新志

中

〔清〕方溶 纂

西泠印社出版社

溆水新誌卷之九人品門

名宦

范梅字元春豐城人進士隆慶六年知縣事明察如老吏覈詭沒田修築六里堰隄蓄水以憂去

黃淸上饒人起吏員由台州倅擢嘉興府同知加四品服俸後遷運同治高寶河隄積勞卒贈卹有加

饒廷錫字文命進賢人萬歷三年知縣事後卒官以勞祀海上

陳柯當塗人本縣典史後升高安主簿

王三錫臨山衞指揮備倭把總後升浙江僉書都司

馬繼武本衞指揮同知後陞南京右軍都督僉事

呂繼忠本所千戶

余騰蛟本所百戶以上七人並萬歷五年開新河築土塘有功於民詳水利

李當泰字元祉泗州人進士萬歷二十三年知縣事捐俸增築六里堰詳水利

張應貴字邁千右營守備順治十年駐防海鹽澉浦十五年赴部改選

王標號常山山海關人以軍功授右營把總順治十七年七月陣亡含山馬奔歸對其妻垂泣三院題請給銀一百二十兩葬秦山

吳天祐順治十七年任澉所千總慈廉淸正才具優長統率兵丁嫻習勤而武藝奮連任五載海氛以靖民皆安堵康熙三年奉憲移調他汛合境士民懇切具呈留任仰若父母

張素仁字靜公遼陽人蔭生康熙九年知縣事是年夏苦潦次年夏大旱澉浦湖田七千三百餘畝祇因湖淤隄傾秋成失望十一年二月公鳩工開濬永安湖修整閘座又培築隄岸以時蓄洩一方利賴焉澉人戴公德爲立張公隄碑崇祀名宦

申執中垣曲人康熙四十一年任鮑郎場大使明於鹺政核查本場利弊詳諸

上憲革除公捐名色及差役陋規有碑記立石署外碑文載鹽法志

曹秉仁富平人本府同知雍正二年七月風潮大作海溢塘多坍場公至澉省視潮災倡先捐官銀二百數十兩幫修小海石塘二百數十丈

吳輝祖高郵州人武進士左營守備雍正十一年監築澉浦土備塘著有勞績陞象山都司

王錫位貴州人舉人乾隆二十年任鮑郎場大使居官清廉務以德化解組日囊橐蕭然商民醵金贐以歸

王序端字可堂漢軍舉人乾隆癸未任鮑郎場大使奉委撥商捐公銀開濬新河頗著勞績嗣陞廣西知縣

韓本晉字桐裔太原人乾隆三十三年知縣事時孫家堰改閘洩水有害田禾連年病旱民訟於官公爲民請命上憲勘明定案塡築仍復古堰嗣是灌漑有資水得關蓄

鮑鳴鳳字竹亭安徽人乾隆三十五年知縣事甫下車相度水利鳩工開濬永安湖築隄修閘疏瀹中河支浜戴星出入親臨澉浦凡七次不辭勞瘁功非小補澉人戴德爲立鮑公亭

吳焯江陰人乾隆三十九年任鮑郎場大使時東團場及西海場俱開濬修築公與澉浦紳士親督工程不辭勞瘁至今利賴之

徐綬字印函奉天正藍旗人乾隆五十二年任鮑郎場大使經理鹽鹺商竈俱蒙樂利工詩善畫非風雅士不與交人謂有趙潛夫風

任澤和字惠堂中州人由進士任縣事嘉慶三年公捐銀修築永安湖閘四座

董和培字樸園漢軍鑲白旗人舉人嘉慶四年署鮑郎場大使惠商恤竈寬厚和平暇則樂以詩文獎掖後進一如師友嗣調任東江薦陞江蘇縣令歷任金匱鎭洋南匯所在多惠政年逾古稀致仕歸

汪仲洋字少海成都人舉人道光二年知縣事親勘澉川水道四年鳩工以巨

石修築孫家堰

楊國翰字丹山雲南雲州人進士道光四年知縣事甫涖任嚴禁游賭及火葬時溆城紳士議集貲置買義塚一區申請於公捐銀二百兩首倡資助營辦漏澤園嗣得官山十畝定界并給示勒石以杜後人侵占

忠良

屠瓌智字寶光世居溆浦少負勇畧從吳越武肅王起鄉兵積功領常州刺史越州都指揮使副高彥守湖州徐綰許再思內叛彥遣瓌智與子渭赴難至靈隱山賊圍數重以援絕同遇害王慟其殉國以衣冠歸葬溆之青山德政鄉歸仁里開化村天寶五年贈武康節度使銀青光祿大夫檢校尚書右僕射開府儀同三司上柱國將軍子三龍驤溆川鎮遏使昱節度使晟吳興刺史掌書記判官丞相皮光業撰墓誌備載第七卷正德七年土人劚地得此碑磚將軍後裔尚書康僖公勳曰此吾先世祖也今演武場相傳即將軍故宅基址

沈穀字仲實開朗讀書元後至元間官餘千同知弟孝子嗣昌字壽康已載董誌

王楫二字素菴始祖仕宋諱稟謚忠肅世居海昌明初始遷海鹽之德政鄉水北邨洪武間以廩入南雍補經歷永樂末年饑傾囷賑濟三院疏聞授都察院都事

詹文字好問選貢任刑部陝西司主事陞郎中時有田靑厓者以殺命一坐死律文疑其獄按之知俞少鬻身於孫扶則孫以貲自豪欲購田墓地不可得陰殺俞移置田室將以陷之文得其狀即釋田坐孫死律時同官有論主僕宜輕減文曰使田就戮此命不當償之耶文居官明峻類如此通元人

王玟字休山歲貢楫二曾孫選南京鎮南衛經歷擢福建泉州府同知刑罰不施人民向化陞山西司刑部員外解組歸與從弟洪研心理學甘泉姚江往復甚殷太常錢懋垣嘗詣齋講學有吾鄉人豪之稱其見重如此

董淞字子壬宏治中應薦陳十策命下禮部試罷歸衢州孔彦繩至聖五十九世孫淪於布衣淞力言於衢守沈𢡟奏襲五經博士表章聖裔厥功甚楙著有聖學全書眞儒蓋語紫陽正脈

馮璿由武德衛經歷陞湖廣沔陽州同知

董穀字碩甫號兩湖舉人官安義令更漢陽俱劇邑綏以不擾退而耕於海上安貧自恬好學不倦先是侍蘿石翁遊會稽謁陽明先生聞良知之學喜怒不形物我無間稱之爲顏子先生之學超然塵表一切視之浮雲太虛每喜陶靖節形影神釋之詩取蘇文忠水月不變之旨知者以爲陶蘇並埒云著性論續瀫水誌碧里四存嘗自題其像云泊櫓山下有一叟焉穿粗布衣臥白木榻出蟋蟀吟做蝴蝶夢坐顏子禪守老子黑把五柳杯採東坡杞菊使自已賣文錢飽兒孫種田飯不知此何人哉或曰即帝舜所封豢龍氏一百三十世裔孫穀者也識者以爲不誣

陳鯉字子龍舉人由上蔡知縣轉任懷甯頗著政績陞山東青州府通判少時家甚貧出就館穀束脩一毫不入私囊悉奉其尊人歲半歸家主人以錢千文爲脩儀其內人收之時夏且無禪欲以市夏布也鯉怒斥之曰吾父老矣方苦家用不足奈何收之以貽吾父憂索錢歸父嗟乎世之好貨財私妻子者視陳先生天壤矣文川張希良每爲余稱之（張楊園近古錄）弟鱗

徐鴿字鳴州號前峯進士由部郎出爲肇慶郡守遷備兵湖南俄中言者罷初爲南水部値島寇事起董繕城垣有勞績賜金綺治郡叛條鞭法後諸省卒通行焉崇祀鄉賢子九容九牧並國子生（考徐氏家乘縉鴿均係豐山始遷祖彥明六世孫暹號雲樵曾孫董誌載鴿縉猶子誤）

馮臯謨字明卿進士任廣東左參議分守惠潮時賊張璉據饒平西聯大埔蕭雪峰程鄉林朝曦而外與倭夷及海寇相犄角督府以臯謨行兵備事先計招海寇王伯宣協力逐倭復用吳孝廉說降雪峯璉勢孤遂成擒久之朝曦

亦敗三穴盡平擢爲福建左參政未幾復中言者奪職林居三十年有豐陽集十二卷崇祀鄉賢

趙黃金字希重由舉人任舞陽安義二縣知縣陞江西贛州府通判今趙府審理正見仇俊卿縣志以後莫考

董鯤號少溟進士由直隸巡按御史出按陝西以病乞歸適罹母喪丙寅服闋起河南道監察御史署考忤銓曹外補湖廣按察司副使旋免官歸凡三爲御史以廉潔稱卒年六十二著有怡閒堂集

董學號愚齋進士由行人司行人擢湖廣道監察御史歷按畿輔宣大等處乙丑巡視京營痛革宿弊以積勞失聰請告里居卒年五十二

沈藻字元明隆慶戊辰進士守泰州以廉潔聞多惠政任僅二年乃以折獄忤要路遷河東運副使即掛冠歸貧無以給至教授生徒佐二人甘膬父仁性卞急稍有不懌必泣跪甚至受杖不辭一日郡守龔公勉過候藻久之不出

値父怒跪不敢起迓爾龔知之深歎其孝焉有薄業悉讓弟苓勉慰父心易簀之日取故所蛻齒含口中曰此親遺體也當全而歸時母尚在向母叠誦母氏劬勞句而瞑崇祀孝義

顧所有字謙叔舉隆慶庚午鄉試署休甯學擢令宜黃居官務修實政嘗發僞印革栥戶罷坊長却甯都派均糧運置社倉十三積穀八千有奇以防水旱失郡理意左遷歸

顧可耕字虞叔號賓麓舉人任豐城教諭署邑篆擢蒙城令滿考歸析產諸姪有義行好施與著漆園歸咏壽八十二子名端字正卿國子生任廣東都經歷攝新安篆清潔自矢有政聲輯先世唐逋翁華陽集三卷文獻錄商周鼎篆文六書摘錦

許聞造字長孺父相卿崇祀忠義聞造由舉人歷河間東昌郡推官授貴州道監察御史在職敢言糾彈無所避初以東封事論劾石尚書金歎罔上書趙

蘭溪相國責其依違無引救誼出按甘肅勘罸西甯失事諸帥因賓酋遠遁築松山寨局莊浪北門邊事大修後因轉餉事攻澤州張少司農疏再上辭涉南樂魏中丞謫判岢嵐州遂辭歸次子敦倬貢士嚴州教授

沈宏遇字際可運副藻子舉人選湖廣石門縣令民猺雜處撫綏無擾蠻俗安之嗣補信宜縣興學校均役賑饑舉卓異陞邳州知州浹月請告歸里居卒年七十八崇祀鄉賢子延銘字太常成童採芹肄業國學數入棘闈不售遂隱居靜園專工草篆吳貞肅公緣譜誼而締姻娅長君入贅移家澉川年七十九生一子至八十四而卒

馮嘉謨字猷卿皋謨弟由上舍選授銅仁幕府郡在萬山中與苗雜處民與苗市互得鹽物贋價而利歸市魁公設法平之苗感激後黔帥以事襲殺苗苗憤羣擁侵境公馳單騎諭之退

王家相字維樞萬歷庚戌進士任刑部郎時有閹縛人馬足馳曳至死者力請

於上誅之壬子典黔試以勞瘁卒於官兄子廷俊字海若先家相鄉舉官高郵知州愛民禮賢却暮夜金陞辰州府同知稱疾不赴居鄉樂施予修官塘濬城河賑饑置義田著有讀易解崇祀鄉賢

吳中偉字生白萬歷戊戌進士授刑部員外郎出督貴州學政攝貴陽兵備道進廣東按察使督師援關門倍道疾馳諸路兵無能及者抵山海關敵退南還擊斬山東白蓮賊數千不上功歸粵香山島夷築清城窺內地公馳檄諭諸番毀其城天啓辛酉陞左布政使所至皆有政績庫有委庫六萬額曰膏薪故事方伯所常需公約事裁節無所藉臨行封識之曰以俟後人可補匱課其清廉如此入爲光祿卿尚膳監王體乾索懷甯太子四喪膳米二千石援祖制折之卒不與晉大理寺少卿時大璫逆賢貴寵冠朝廷役使公卿天下爲之趨走賢從子良卿爲丞入謁公公坐受之大慚恨賢之私人相與羅織忠正糾結枉案公一意伸拔善類與上官爭短長不少撓挫鬱鬱不自意

得遂投劾請去會甯遠告急廷臣多規脫邊任太宰追論公平粵績將以公鎮撫薊遼尋得偵騎告圍解公重歸寺門擢少司寇當時國事紕繆令行私庭而公懷抱灑然一不染其鈎致因抗疏剌駁時政期主上之一悟不可則去書連上傳旨下姑留視職如故越日宰相畫公名密語於賢曰是落落士也本不事東林特言戇直忤人意殺之無名賢曰不如以好語錮之遂詔褒清恬可嘉加刑部尚書致仕去國旬許上設朝遽問曰白鬚侍郎何在左右對以實帝爽然移時蓋班行上卿多致良藥染毛髮以示強壯而公獨不欺帝是以識之公自就班行逮乎潔身恬退凡先後官階十有七轉歷四十餘年年已六十有四矣卒年六十九崇祀忠義

徐烈愍公從治字仲華號肩虞萬歷三十五年進士除桐城知縣築隄八萬七千餘丈以禦水患遷濟南知府以卓異晉按察司副使駐劄沂州白蓮賊徐鴻儒反鄆城連陷鄒滕嶧縣公請起故總兵楊肇基主兵事獻擣賊中堅之策遂滅鴻儒以功進右布政使督漕江南妖賊再起巡撫王惟儉奏留公仍守沂誘執亂首戴世奎餘衆悉散謝病歸崇禎初以故秩飭薊州兵備薊軍久缺餉圍巡撫王應豸於遵化公單騎馳入諭衆衆散於是應豸就逮以王元雅代之而公以元雅輩又皆庸人不足與共功名復病謝家居而遵化尋陷元雅自經死言者乃頗推公才略再起武德兵備左布政使會遼將李九成耿仲明孔有德反執巡撫孫元化乘勢攻下濟南六縣東撫余大成檄公監軍馳赴萊州而登州已陷大成削籍遂擢公右副都御史代之與登萊巡撫謝璉同日受命即並入萊而有德已傳城下內薄環攻不舍晝夜築三臺西洋礮擊城樓崩一角鐵丸大於升公命植柵補壞垣募死士夜斫營焚三臺爐又穿地穴城公亦穿濠城中以斷之縋緪擲火罌焚穴中臭達於外穿地轉深縋石不陷懸霤於堞激水注隧中加溲焉負塗出皆擊殺之勵將士多方守禦殺賊無算賊殫於攻漫書求撫是時兵部尚書熊明遇惑大成撫

議命主事張國臣與公及璉爲賊求撫公抗疏極言和講之害於是廷議更設總督一人以兵部右侍郎劉宇烈任之宇烈無籌畧日議撫公堅守待救而宇烈姑以援萊爲名兵次平度州不進相拒凡三月中飛礮死守陣者皆哭璉爲遼將李九成所殺而宇烈亦以兵潰被逮詔贈公兵部尙書賜祭葬蔭一子建祠曰忠烈大淸嘉慶二年追謚烈愍崇祠忠義

王廷傑字海澄刑部主政家相子由貢監任鹽運司經歷遷兩淮鹽分使疏陳鹽法切中利弊及告歸見義勇爲戚族無力葬娶者捐金以助子大任字勞人貢南都改北雍甲子擬元以策對犯忌見遺伯廷俊授田遍三黨任獨以五百畝辭著有雲漢堂集續補刺史公易解

虞廷陛字乾陽志高猶孫萬歷丙辰進士除徽州府推官讞獄從寬大攝郡及縣贖鍰一無所入修城積穀賑貧飯囚咸給於此以卓異補工科給事中巡視皇城軍營巡省節愼庫孜孜公務無不悉飭風裁自持中璫不悅黃山之獄株連者衆公駁正不撓挽救良多京營請爲魏忠賢建祠嚴拒之不聽遂不署名文廟建忠賢祠百官駭奔公佯墜馬注籍忠賢積怒部疏題典試山東矯旨廷陛久係門戶削職追奪誥命崇禎御極錄黨錮諸臣復職奉旨廷陛堅持風節屢忤權奸復還原官仍給誥命陞吏科右給事中轉兵科左給事中册封徽藩聞父喪歸卒不起遁跡村居年七十卒

朱泰禎字道子號白岳萬歷丙辰進士授福建龍巖縣知縣時淫雨山水暴崩城堞盡圮漂壞廬舍無算公拮据救貸發官粟募窮民即以充畚鍤之役百雉復完民不流徙舉卓異擢福建道御史巡按雲南黔寇斷滇道公駐節成都發蜀中兵開道建昌踰大小永相嶺絕金沙江擒賊首烏利長驅入雲南申約束厲將士戰守畢備三月水西東川烏撒三大寇傾巢數十萬犯霑益守兵僅六千人公董率道將破走之斬首數千級五月水藺烏復大舉犯炎方無城郭樹木爲柵公監諸將設伏以俟賊九十八營並進俱死鬬諸軍驅

象橫擊之驚潰賊大奔遂擒童戈資俘斬之築四石城於炎方爲銘紀功焉滇越在南服夷羅苗緬之雜處黔國公握強兵世鎭撫之滇夷不知有天子惟黔國是聽不甚奉法公念遐方安危黔國是係安黔國卽所以綏諸戎也乃獎掖之俾毋蹈藩禁而諸吏咸戢人人得其歡心增建學宫捐俸請爲旣廩猓玀雜部多有遺子弟入學者事竣還朝道聞父喪奔歸里服闋補南京畿道御史以他事謫官尋遷南京兵部車駕司主事以勞疾卒著巡滇紀行輿謳錄賡謌錄等書崇祀忠義

吳麟瑞字思王號秋圃中偉從子萬歷己未進士授常州府推官妖人葉朗生馬道人煽惑江南常有陳鼎陰結亡命以應公計擒亂首誅之反側始安聲譽藉甚輿論以爲旦暮必居臺省然豪右嫉公者衆乃轉南儀曹主事復歷祠部進司勳郎中雖左遷閒曹公毫不介意尋擢右參議備兵常鎭以防萊寇之軼濬丹陽練湖以備水旱之虞皆有功地方甚大遷江西按察司副使分巡湖東道與提學侯峒曾都司邱上儀並號三淸建昌爲益藩封國宗室衆多官其土者皆俯首下氣莫敢與較歙陽渡當盱江孔道益藩惑於形家言禁民不得建橋民因風波覆溺者無算公啓告益藩至於再三感公之誠亦爲轉圜首分祿以倡公悉捐俸以助士民鼓舞樂輸橋遂得成長一百八十丈名曰萬年士民生爲公立祠橋畔尸祝焉崇禎乙亥遷參政分守九江道丁內艱歸除喪補江西參政分守湖西道時流寇擾三楚而湖西之袁鄰楚新燹於寇臨江舊爲駐節地公至卽移駐袁州嚴戰守之備一如江陰之防東寇以故終公任湖西無患遷按察使公屢秉憲綱一以察吏安民爲要俄陞右布政作瞽論數千言極陳時政之弊不得進請告歸會廷議擢用西江撫軍西江士大夫咸持舊方伯宜謂公也相君格之陰發沅楚告難疏改撫偏沅意以相厄時三楚已陷勢不可爲公歸已一年忽聞是命義不顧私破產募兵促裝就道旣而司馬適上條奏請裁楚撫軍之二比至沅沅兵已

歸鄖撫夾遂同籍凡公居官兩定變亂一弭內難兩靖外患一濬河渠一建橋梁俱係國計民生之大者迨後聞弟磊齋殉難痛哭曰吾弟丈夫哉我焉能獨生鬱鬱久之成疾遂不起作自祭文卒

吳貞肅公麟徵字聖生號磊齋天啓二年進士除建昌推官擒大盜何繼竹及藩戚黃孟嘉於朱邸朱邸遺酒八罌啓之黃金也飲酒返其金卒置二人於法江西之人始得安息父憂歸服闋補興化府攝符視漳轉而視泉二州之民更相爲賀閩俗多棄兒公捐俸哺之僧寮全活甚衆毀巫蠱淫祠當是時廉正之名傳動天下授吏科給事中章數上雖被詔溫慰而溫體仁當國虞論建漸廣將不利於己於帝前輒中阻之疏請罷中官再請罷緝事廠臣留中不報遂以改葬乞歸戊寅召補吏科奉使魯藩謝病歸壬午周延儒再起爲首輔尊幸殊絕乃徵耆舊塞人望劉宗周及諸正人以次登用擢公吏科都給事中夢漢壽亭侯餞行故慷慨赴召三載公凡歷陳時政紕繆條策甚備而相君中樞皆以爲迂議俱寢劾吏部尚書田唯嘉贓汚罷去行人熊開元給事中姜埰奉詔求直言先後疏彈延儒逮下獄總憲劉宗周前奏得失甚力以次復及熊姜之事竟觸帝怒公上疏三救直言不聽宗周既放十七年春推太常少卿賊薄京師公守西直門以土石堅塞其門募死士縋城襲擊之賊攻益急公超入朝欲見帝白事至午門遇相魏藻德引之出遂還明日城陷乃入道旁三元祠作書訣家人曰祖宗二百七十餘年宗社一旦至此雖上有龍亢之悔下有魚爛之殃而身居諫垣無所匡救法當褫服殮用角巾青衫覆單衾以志吾哀解帶自經家人救之甦請待視孝廉至一訣許之孝廉名淵字開美號月隱嘗疏救劉宗周下獄與公善者也明日淵至公慷慨曰登第時夢隱士劉宗周吟文信國零丁洋詩今山河破碎矣不死何爲酌酒與淵別遂自經淵爲視含斂去贈公兵部右侍郎謚忠節建專祠曰旌忠國朝賜謚貞肅崇祠忠義

顧可漁字秦蛟總角入泮庚午副榜與從兄可畊所有同登時稱三鳳榜旋食餼膺貢初任德清縣訓導陞南雄府教授振興文教庠序之士愛而敬之晚居鄉人推耆碩舉鄉飲大賓及卒私謚貞靖

許令瑜字元忠號芝田敦倬子崇禎癸未進士仙遊知縣公久爲孝廉林居不入城市登第治閩清貧絕俗莆田張岳字亦五作令吾邑而不相聞問無所請謁時人兩賢之乙酉棄官歸未幾卒高風全節士林所希子𤣱晦蹟著書有鐵函子集

徐同貞字伯圜忠烈公長子恩例充貢父殉難公徒步伏闕上書遂以公襲錦衣衛中所戈戟司尋陞都指揮僉事北司案牘力爲平反積勞成疾乞歸甲申留都起公錦衣衛指揮同知是時貴陽專政一切繩以嚴刑峻法公秉正不阿不可干以私遂以病乞休杜門謝客未嘗有富貴之容也卒年六十崇祀鄉賢墓在徐家橋東

徐鵬翰字九南世居徐灣崇禎己卯歲貢廷試第十六名初任仁和教諭陞金華府教授並振文風擢江南上海令到任八日值鼎革棄官歸隱以節義自持林居讀書二十餘年教子侄循循有法先後悉游庠序壽八十有五

虞贊堯字亮工崇禎癸未進士兩粵底定謁平靖二王於廣州授潮州府學教諭兵阻不行攝番禺令有以壻貧負婚訟於縣公攝女至支庫中俸錢即公庭結褵命吏送歸行合巹禮番禺以爲美談大兵渡潮陽隨軍之任寇陷潮陽殉難卒

徐炳雲字三孺號訥菴南傑子崇禎壬午登浙榜武義教諭爲文章尊宿司鐸僻壤人文一變貧士不能婚與葬皆助之旱潦諸生逋糧者令繩以法公請捐俸代償令雅重公皆免之士類莫不感激肖其像以祀康熙三年裁缺歸諸生追送多出涕者

徐鍾元字律齋金吾同貞子康熙八年以鄉進士授粵西藩幕攝藤邑篆著有

政聲十二年資表代覲値歸塗兵燹留用楚省撫院張朝珍軍前給咨赴部改選丁母艱同籍卒於家王事勤勞不憚間關跋涉綽乎司馬家風

顧宏字藥菴恩貢生太平教諭地經兵燹學宮傾廢捐俸勸輸修葺振興文教陞山東聊城令減耗恤刑薦舉行取授崖州知州黎猺差役供應概行禁革簿書鞅掌卒於官

徐升貞字君階由拔貢授岳州府通判攝篆灃州時當亂後撫字心勞兼剔弊搜奸豪強屛息一日泊舟新河暮有二虎躍入舟中眈眈良久公叱之曰莫傷我吏民虎弭耳曳尾渡河公灃署有魅爲祟歷任苦之公至絶響調任長沙聽訟平允丁大中丞有湖南第一官之目陞大理寺正旋差通州坐糧廳明季民運白糧官吏悉魚肉之國初餘風未泯糟白米到通乃命幹僕分置津梁每石斂錢若干積弊已久公悉去之陞戸部陝西司郎中著有逸巢詩文集

王顯一字鼎調宋安化王諱稟後裔康熙丙戌進士授陝西成縣知縣成故僻陋邑又多規例非制公至減耗羨興學校百廢俱舉時號隻眼青天會西陲用兵需餉孔迫轉運難其人上官爭重公檄出關自西寧至塞外長路八千歷沙漠苦寒地計四年往返二次最後至木魯烏蘇策軍中乏食乃兼程進軍遂獲濟撫遠大將軍嘉其功公遂以積瘁卒關外大將軍班師親率屬弔賻而載柩還其家雍正二年第死事功廕子入監讀書公西涼道中詩云風雪滿山道崎嶇歷九皐未能辭祿位豈敢憚賢勞劍外軍儲急雲中雁陣高西涼雄朔氣冷色上弓刀

錢之潚字幼日弟紹隆字仲扶康熙癸丑同榜進士之潚善詩古文辭與彭孫適齊名甫授官卒紹隆知四川富順縣時蜀中初定一以寬仁撫愛窮黎戴若父母行取陞刑科給事中世稱二錢

朱之溥字沛蒼以舉人知潛山縣邑苦旱前明邑丞常公曾開河四十餘里至是已塞公下車卽率民濬之民爲之歌曰微昔之常疇貽我康微今之朱疇

恤我瑜彼吳之塘爲鄭之白漠漠涓涓維二公澤

孫廷權字天衡號中罡乾隆丙辰舉人湖北咸豐令捐俸立義學設養濟院禁溺女民風一新有土司秦姓者爲害於民公申文數其罪署施南府同知調天門令未蒞任卒著有宦楚吟稿

吳懋政字維風號蘭陔乾隆壬申進士授廣東博羅令興利除弊視民如家人父子有負冤者必爲昭雪人以佛子呼之比去立祠以祀改處州府教授告歸以文章教後進游其門掇高第去者若秀水汪如洋如淵石門陳萬靑萬全等著有粵程稿八銘堂詩集弟懋敷字舜徽邑諸生以兄爲師文章爾雅藝林有雙丁兩到之目丁卯府試郭郡尊以國士待之拔置第一

朱瀾永號左海由副貢選授階州州判服官廉潔勤敏委署西寧丹噶爾主簿値大兵過陝軍需繁劇措置裕如上憲保題移駐白馬關以資彈壓鋤奸袪弊風俗一歸淳厚王事鞅掌以勞瘁卒於官

祝櫓良字東毓乾隆乙酉舉人授貴州天柱令遷麻哈知州麻哈民苗雜處最稱難治良至以德綏之土司感服民情愛戴署黃平州知州大軍征苗匪轉餉有功候陞同知卒於官

胡以謙字允恭號紀堂舉人由教習歷任淳安金華鄞縣教諭以經術訓士文風大振修學宮新祭器廢無不舉士有負累者公必白之工舞劍及棋尤善琴暇則古調獨彈極沂水春風之樂解篆歸里藝菊自娛不以片牘干當事年七十五卒著有紀堂詩存

沈世奇字仲蒐父潛修舉人歷任山東知縣頗著政績以疾免官歸世奇以典史署嘉義縣巡檢差委赴臺適値逆匪滋事協守府城出力有功以母憂回里溺於海上憲憫之題請　恩恤道光十四年贈縣主簿賜祭葬銀廕子入監讀書候選州吏目世奇慷慨多大志所交半游俠惜未克竟其才而卒

孝義

陸達永樂時薦授博士兄弟同居數十年未嘗析箸庭有紫荆一本數幹時人呼其里爲祥里

董謙字德元仲眞六世孫兒時父笞之跪而授杖迨長定省中禮節居喪哀感行路苫廬旁木枝生連理家有廢井甘泉湧出每哭慈烏繞舍啼與哭聲相應宏治中詔賜天下孝子冠帶謙與焉子淞字子壬淵字廷芳太學生

徐淵字汝器號定溪父璹病疝危甚操藥以進鬚髮盡白與昆季同爨一錢尺布無所私嘉靖中避倭碧里山倭舞刀登山幾得之忽一倭疾呼去獲免晚居宋亭邨萬歷乙亥海嘯急登山得免人皆謂純孝所致卒年八十崇祀鄉賢長子應登號少瀛庠生誠心質行風範高卓治易者多出其門所得月俸以奉親字諸弟不私一毫季弟應奎傳其業轉授諸子姪家學淵源有本

徐藻號恥齋諸生少倜儻具經濟才嘉靖癸丑倭夷構逆痛父司訓縉實與其難遂矯首自雄抗疏陳倭夷有可滅狀上壯其志賜宴光祿卒如其議以行

不踰年而盡殲焉所集募鄉勇賜名忠孝軍不受賞而歸戰功詳載浙西捷錄崇祀孝義

徐蘭字子馨號五山孝子紳長子歲貢任宿州訓導陞淮王府教授少失恃事繼母朱以孝聞弟菊字少豐諸生早卒恤其室人子女有加恩伯子藻遺孤三人亦仰給焉學有卓識嘗參校澉水續誌卒年六十六子行簡行儉行倫並庠生

余騰蛟字雨川故戶侯東瀛公長子生而智慧書史不再誦十歲能文見者驚異嘉靖三十五年公甫冠是秋倭夷猝至東瀛公請糧在郡公狥于衆曰子權父職應變之常麾下能從我乎衆許諾遂集打手百名伏西海山林陰翳間先以游騎誘之令曰初敵不可勝使倭輕我我退彼必追追則以兵三百從間道斷其後分撥已定倭果渡水而來長驅直入公以旗鼓督陳伏兵盡起斬殺五十餘名溺死無算次夕倭進攻城公綴松香於板用火燃之上覆

以釜及縋烟起賊眯不能仰視城上矢石交加倭遂引去旋令閉門撤橋舁大炮俟之倭果大至砲發殪其酋一名衆三十二名餘遁後不敢近或問其故曰倭雖小衂其艘猶衆薄暮運石城上知其來攻也未攻而忽去意欲懈我防禦我故先備而幸勝之後奉奬賞參軍府辟爲中營左哨公辭焉以屯壯百名募自屯之餘夫素無恆產今皆戰殺著功散之則可惜聚之則無食乃爲申請總制胡公（諱宗憲）允給口糧每名餉銀十兩八錢衆皆歡悅謂微公之力不及此萬歷三年乙亥海溢巡撫徐公（諱栻）省視潮災公出迓一望枯苗白草徐公憮然曰民之昏墊若是司牧之責也顧謂公曰汝可具一條陳以便入告公陳其畧曰澉居上游爲七郡之藩蔽（謂蘇松常鎮杭嘉湖也）此地浸灌入內勢莫能禦今請築塘以衛塞上游可以安七郡勞一時可以逸萬世徐公採議入疏奏準起築又委郡丞黃清監之初開沙土輕浮人心惶惑謂得尺寸之土以築塘基而潮水一捲盡廢前功善欲殺建議者會本縣與公不合欲驗役久怨生嗾軍訴詞以便詳免因誣公徼功幸賞獻此狂謀水利道汪公亦請停止以安軍心惟徐公不允判云本官議開河築塘本爲禦灾安民起見幸得一力主持深可嘉奬復以溫語慰公并飭令大小官員各受約法於是集衆鳩工十人立卒長率之二十五人立隊長監之五十人設催官一員百人設巡比官一員公以中軍總督之徐公檄藩司以帑金解至勞軍公悉面賞無私軍俱悅服然亦別其勤惰以爲差等次年告竣嗣於萬歷八年投簪謝政迄今頌公之德不衰（本傳註云當日開濬新河本一水相通直達邑城後因沙塡土漲天啓七年間徐型唐爲瀕河蕩田累歲水涸始築長川壩分爲上下河按此壩起築原由郡邑兩志俱未載）萬歷十三年旱十五年旱更甚公嘗游龍虎山習五雷神訣人轟傳之參將李公遇文邑令李公當泰各以名刺聘公公笑曰以雨救民吾之志也即赴邑建壇於將府南命取火磚十塊爐匠二十名大甕五具列於龍王位前次日公至燃爐丹書於磚符焚於甕時烈日當空公仗劍履罡匠人箝磚入甕雷鳴雲起雨足而歲以豐萬歷二十

年海門寺𡍼脩大悲閣閣勢傾向東北公與朱公心泉首事營度四方聞公名施者輻輳公命于東北柱下內外各開一溝以水灌之又用大索繫脊遠引之日加數百斤於引處蓋土得水而漸濡引加斤而力重則閣自然平矣邑城北有白苧河波流迅疾地當極衝爲舟楫害紳士言於邑侯蔡公蔡公命駕詣公及心泉門公與心泉相度形勢先立大木於交界之中用竹棧圈以繩四方吊準隨木放下再以大石縋之令善泅者取石挨傍其圈喚小舟載土向中一鼓齊覆數日之間基址頓成名曰螺星臺建文昌閣於上嗣後文風甲禾郡又於三十二年𠡠造禪悅寺三十八年重建鐘樓公與心泉之力居多自是溆民無黃腫侏儒之疾時有倪姓百歲者公作人瑞賦以贈之爲吳司寇所重曰先生之文典贍淸華非某所能及也公著述甚富惜爲火所燃罕傳於世

吳生白贊曰公自舞勺蜚聲以濟蒼生爲任俘馘倭酋早露干城之具祛除海若永消億禩之祲勇退急流鴟夷再見仁施甘澤傳說重生築星臺以作士建鯨刹以和音著無疆之炳炳宜有後之森森不忝宣諭使立功於西蜀有光右正言開誠乎東京邑圖經祇載百戶余騰蛟呈請撫憲徐公開濬新河加高土塘事裨益地方甚大他未之及且無列傳茲本余氏家傳節錄之

朱文才字尙卿號心泉卓犖有奇才慷慨好施每以桑梓休戚爲己任溆地在四山中不通涇河屢遭旱患其在永安湖下者爲湖田依城濠者爲城河田在長牆山灣者爲山田湖故有閘在永安湖下流歲久廢弛公倡捐修復隄高而蓄以深閘固而洩以節湖田迄今爲一鄉之最城濠之支浜接壤涇河而亘以六里堰高下懸絕莫由逆上乃於堰底創設瀛洞蔽以鐵門平時扃戶不漏旱則開引涇河之水以入濠濠旁之田咸賴其利當日吳司寇許侍御爲之撰記立碑紀功績焉長牆諸田北不通城濠西不通永安尤爲槁壤乃於山麓低窪處築隄爲大窯湖開浜數處於其下設立閘座一如永安湖

式又製陶器如筩無底埋伏地下曲折以相接引需水時則開閘水入從筩湧出浸灌田畝不煩車戽名曰放水湖田至是溆之旱患得以稍紓矣溆之海門寺有大悲閣建自明初高大冠一郡欹側將傾萬歷二十年百戶余公騰蛟請公營度公以大木⿱代手之⿱代手凡數處四面著力應手而正厥後雖値風勢猛烈屹然不動眞有神斧鬼工莫測其巧妙也又有禪悅寺神鐘元楊宣慰使構倭銅鼓鑄重五千餘斤建六丈樓懸之晨昏擊撞聲大而聞遠緣溆土旺水淺藉以鎭壓取金生水也公謂余公曰昔董從吾先生云樓卑而侏儒產樓圮鐘沉而病尩焉神鐘之所以係於吾溆者大矣迨萬歷三十八年相與出資鳩工兼勸有力贊助重復六丈之舊焉公聲名遠播於是邑大尹蔡侯聞而造請曰治北白苧河波流衝突時壞舟楫商民病之聞公有大才敢請所以息此患者公詣其地相度形勢告蔡侯曰直港不可以緩奔湍也必積土以當其衝急水不可以受委土也必立範以固其址乃測淺深立木

樁圍竹棧先納以炭旋覆之土又以巨石鎭之基立屹然不可動搖而工告竣即邑志所載螺星臺是也嗣後水勢縈紆舟行安於枕席松江爲我邑鄰省金山南匯華亭三縣交界地名東鄉有朱仙人祠土人謂此地本無河道泖長則水深數尺退即乾涸素病廢壞明萬歷間太守寧公莅任問民疾苦勘得其情乃訪公敦請公至其地開此河河從四圍繞入中央如旋螺然當日朱公謂太守曰潮之來也其退甚速曲其勢則退遲退遲則後潮續而不竭矣今之沃野膏腴皆朱公之賜也詢得朱仙人建祠所由來云太守下其法于他縣開河成田者十八處皆有朱仙人祠焉嗟乎公以溆川一布衣乃能誠心濟物數百里外其經緯豈不偉歟總其利澤及人不勝枚舉所謂鄉先生沒而可尸祝于社者此也邑侯李公重公之品望特舉鄉飲大賓卒後崇祀孝義邑圖經孝義列傳載朱文才甃六里堰築文星臺白苧河及支緝海門寺高閣創造禪悅寺諸廢寺具有巧思云云錦其巧思之運用正復多端茲本朱氏家傳詳悉誌之

沈宏達運副藻長子性孝友父病目以舌舐復明手足多所賙恤異母弟宏鋕生三日父歿達受父托與妻陸氏慈護備至育之成立嘗還金折劵兩臺郡邑並旌孝義達腰大十圍善奕嗜吟好客眞佳公子也宏鋕以父遺命嗣長兄後字鳴球國子生

趙士俊字望之冉里山人父其孝萬歷間兩次簽北運白糧士俊隨侍初以米虧揭京債繼懲前累多備米官反呵其科歛故浮於數其孝抗辨觸官怒搖交下士俊時甫束髮急抱父指臂幾折暈絕不放官乃動容稱孝子始得免歸念家破子傷悲不欲生士俊慰之曰父何必悲兒病必不死自能養親後果甘旨不缺致其父得享高年

吳芸字時美倘俠好義子霽字惟宋善承父志霽長子之英字千朋萬歷癸卯舉人丁未會試明通榜爲蕭縣令歲祲煮粥濟人又設藥局療病者人頌其德爲立去思碑霽崇祀鄉賢之英崇祀孝義

顧名俊字敬南性耿介大體自持樂善好施族里尤爲敦睦室人徐氏侍奉舅姑不啻敬姜子尙卿能守父志遇通元橋樑傾圮卽捐資修整

徐應奎字星魯定溪季子世有隱德父隆冬病思食瓜應奎泣禱西疇瓜纍纍臥藁葉下食之而愈人乎爲孝瓜爲邑諸生有名從游者衆訓諸子以忠孝大義從治殉難萊城哭之慟已而笑曰眞不愧吾子也崇祀鄉賢長子光治字型唐官光祿丞精象緯學著究日捷簡張奇齡爲之序梓以行世

徐昌治字覲周考授通判不就仲兄從治被圍于萊匹馬走山東乞師救萊列狀訴當道言督師劉宇烈撓怯必悞封疆宇烈卒被逮萊城獲全就試南省登癸酉榜以父老不上公車著有周易旨綱鑑燦昭代芳摹諸書

沈德潤字而喻宏鋕子生而穎異少爲諸生與嘉興王庭海昌朱一是徐友貞同里吳蕃昌爲莫逆交聞京師寇陷憤懣增疾嘔血死子嘉言武進士

劉鼎銘字叔子號六梅居士百戶志達次子負奇氣具文武才爲人陳說忠孝

事亹亹勿倦性孤介不娶事父母能得其歡心明末國事大壞鼎銘念世受國恩不可不報擬戰守策數十條欲上陳而明巳亡聞信痛哭狂走乙酉大兵至澉浦授命南門外年三十五弟鼎鍾鼎銓亦與焉

周行字子行立品孤介能詩善畫工山水花鳥雖極貧恥向人干澤以此爲吳貞肅所知盤桓京邸乘間微諷歸隱不從迨貞肅殉節與祝孝廉淵爲含歛倉猝之際不敢草率經營旅櫬間關南歸人咸稱其高誼

顧大梁字惠候少孤事母至孝甘旨必豐腆鼎革時負母匿蘆葦中卒遇大兵傷左臂哀懇以身代母兵憐而兩釋之

吳蕃昌字仲木庠生貞肅公次子崇禎甲申貞肅殉國間行淮上迎喪歸遂棄諸生絕仕進師事劉念臺先生講求有得與海昌陳確桐鄉張履祥探討精深見諸踐履作日月歲三儀以自範爲闔職三儀範其家族有貧者鬻女贖歸養爲己女歲以米遺其父母臨歿遺命擇壻嫁之恤其父母如故著祇欠菴集鄉人私謚孝節先生

吳謙牧字裒仲庠生中丞次子整身修行期爲聖賢之徒以困勉名其齋遂棄諸生事母朱恭人以孝聞初尙書公子太學生麟趾卒無子嗣應謙牧而生方一月不能執喪乃嗣蕃昌貞肅公命中分其產及長約以二仲並繼中丞卒謙牧執人子之喪比太學配查孺人歿人謂宜喪三年謙牧曰吾爲父也三年爲叔也未之服吾母在堂也而人子養叔母生也未嘗朝夕養今歿而母之而因喪之是利之也盡歸其產二百三十餘畝而爲之服緦蕃昌固不受謙牧固以辭乃以百畝爲小宗義田以百畝爲大宗義田以三十餘畝爲族人義塾之田人皆謂二仲善繼述矣謙牧體素羸治母喪葬哀動行路病間手編父遺文成帙卒至不起世稱東海兩孝子著繭窩集

吳鳳來字鳴岐值海寇竊發父爲所得鳳來徧訪日夜號泣有告以在金山衛者乃潛身其地候冠盡出負父逃歸爲兵所獲疑其通海下獄鳳來奔救哭

訴卒免父難

黄觀祖字冲寰稟至性孝友篤行隱德自腴築萬竹樓於葛山陶情琴酒杜足不入城市惟課子若孫讀書以克家順治年間邑令郭尙信舉賓筵題贈爲天子賓年八十六而終童松門私謚爲安白先生

平章字天衢鼎革之際道多餓莩章獨捐資收斂深埋於山麓老鶴街子望字茂功里有買荒墩開墾見骨殖數十埕將棄諸水望爲收葬於烏龍灣巳山兼歲時祭祀

李商玉溆川篤行純孝人也痛父母俱死於兵終其身哀慕不忘深自刻苦屏跡訓蒙兼習星家言偕其妻節衣縮食銖積累聚數十年以營邱隴猶以爲未足報怙恃恩更修砌溆城街衢欲一城之中周道如砥庶獲報萬一以安其親里人名之曰報恩街吳士旦爲之歌以紀其事年至八十有八崇祀孝義

徐乾貞字長善號御六以廩膳生入國學性至孝父昌治有疾露禱請代遂痊弟蒙貞有出婢子蒙貞疾甚父命以乾貞次子爲弟後乾貞曰弟自有子豈忍利其有乎招子歸蒙貞乃瞑目他如施[illegible]掩殣善尤難悉數崇祀孝義子二儲元賡元

徐濟貞更名贇宸字涓棫庠生忠烈公第五子性慷慨尙義避亂山居忽念友人飢困載米數十斛遺之與弟復貞字瑲朗庠生友愛砥礪時有二難之稱贇宸著有濬菴自娛集霞蔚軒詩稿

黄鈋字宗彝庠生豐山人秉性正直無私康熙二年除日偶以事適邑城日午於西門外厠間拾得金珠奩物卽於附近某店默坐以俟至晚舟人促之歸公曰吾尙有事羈留二更許見有人倉皇如厠問之答曰吾奉南鄉徐氏命贖取典物經此溲便遺失今尋之不獲必遭家主譴責公急問所失悉符合遂還之越三日公復至城過徐家牌坊如有人推而前者忽聞震響則坊石

崩墜迮衣裾盡裂而人無恙人咸謂善報之速云子元吉字集三國子生考授縣佐壽九十歲

畢蕃昌字尹茲歙州人父佩醇謹樸茂有長者風業鹽筴遂卜居澉川蕃昌聰穎絕倫入安吉庠晉國雍廷試授州同知生平仗義疎財凡有利於人者力行之如新河中壩關係濠田萬畝蕃昌目擊苦旱毅然同澉紳請憲重築衛城灌田功非小補此乙卯夏初事也卒年僅三十九子國璋國瑞並國子生奉遺命捐貲建重築壩碑具徵其能繼父志云

朱維新字康俟庠生性鯁直有古君子風澉城舊設新河中壩蓄濠水灌濠田萬畝康熙十四年有豪民某紿縣令請於上官開壩決水濠頓涸田盡荒澉民愁苦甚然畏其燄且挾吏勢莫敢誰何新目擊心傷因偕同里畢蕃昌吳孝貽爲澉民請命於邑於郡訟數年得直始奉上憲檄如舊制壩重設民困以甦彭孫適有碑紀其顛末後人懷其德爲設主祀於壩旁普濟菴

朱爾鄴字子長號紫球御史泰禎冑子孝友性成髫年入泮試輒高等督學李公際期閱卷首拔之尋舉明經事親竭膝下歡當御史按滇時留家侍大父母備極色養以安萬里親心他若捐祭田建祠墓及諸善事不可枚舉乙巳舉賓筵所著有曲臺約旨葦讀齋初問子與蘭字佩湘亦以垂髫補諸生由恩貢候選州同知力學好文兼精翰墨著有葦讀齋詩鈔

朱景肅字子于號竹聲泰禎次子尙義好施以臬司佟荐授常山教諭不數月即賦遂初康熙庚戌蘇湖大飢流民來鹽乞食以數千計景肅捐粟百餘石商之邑侯張公集流民璵城鎭給米善遺之後鄰邑咸被流民盜刼鹽獨無恙人服其先見子七人皆庠生長子毓牲字素安尤有名讀書過目成誦長於詩著石笋山房集隨外舅張螺浮給諫之荆南任中途遇風覆舟稿沉江中歸拾其餘藏諸笥孫冲邑庠生事寡母祝氏盡孝五十餘卒

錢萬實字鶴洲六齡喪父哀慕如成人事母楊氏盡孝母病輒籲天請代母享

大年至九十有五母喪廬墓側盡哀鄉里重焉連歲大飢悉力輸助煮粥以賑全活者多延師課子極恭敬至爲手滌溺器子之蕭紹隆同登進士八袠兄弟介壽軒輿雲集友人詩有云稱觴膝任東西繞捧檄裾隨伯仲牽傳爲美談享年八十有六受給諫封

姜悅周長川壩人性至孝父母疾病輒廢寢食親嘗湯藥康熙二十六年就典吏於分臺考程未滿而思親念切遂辭職養親分臺嘆其孝給以百行首全匾額

張國臣嘉標百總分汛沈蕩康熙十三年含山賊刼沈蕩鎮先一日賊貽國臣書啗以利令勿出擊國臣怒欲執賫書者已逸去即遍告居民嚴備器械以禦明晨賊舟蟻集國臣率汛兵張敬山馬百勝張子雲等奮勇格鬭手及數賊力盡被殺三人亦同斃一鎮藉以保全居民爲立木主於里社廟

方開基字德肇歙人也年十三隨父維新商於浙聞母病倉皇急歸母病亟侍

奉不少懈母死寢苫茹素廬墓三年復商於浙遂家澉後病篤次子震旭字東陽百計以療又十二年而歿咸以爲父字純孝云

畢瑢字舜元府庠生幼孤家貧年二十母病篤籲天願減已算以益母壽病遂愈又一年卒哀毀盡禮

吳麟世父中倬字雲伯郡庠生以名節自勵游學京師殉甲申之難麟世遇忌日必流涕事婺母曲盡其孝一生言確行方著有澹圃詩草壽八十七

吳晞淵字元復號克軒哀仲長子母少孤事母孝長工詩文不屑舉子業獨體究濂洛諸書造詣純粹兼涉醫術著續名醫類案卒年七十六

南郭民某市斗粟於邑肆歸傾其粟有金二錠陷焉徒步往還之肆之人德之遂與往還不絕 繭窩集

祝壽祉字介士鐙猶孫生姿杰出詩文俱饒英氣食廩餼幼失怙恃從伯文學完和撫同已子所得廩俸館脯悉奉堂上後罹伯父喪哀毀骨立事繼母周

承歡侍食其匱乏不令母知也以貢授學博候選而卒

夏以松字友梅庠生重然諾敦實行而尤篤於根本其先世有未葬與族之葬而頹廢者咸安輯之建宗祠於南湖舍側歲時奉祀與吳晞淵為忘年交晞淵之歿也與同學張莘皋經理窆事撫其孤人人以為生死不愧云惜年止三十有六

祝壽礽號松灣鐙猶孫自幼失怙事母孝賦性穎敏長而好學訓子有方聲譟黌序襟懷磊落閭黨中凡有事即為排解遇婚喪所不給者不惜垂橐相助卒年八十

高崇厚父和字立夫苦志讀書每忘寢食康熙丁卯副榜授貢生家居荒涼因勞病卒崇厚哀感行路竭力奉母撫兩幼弟備至鄰居老友徐豫貞每月乞米五斗以給其家贈之詩曰故人夙下世淹忽垂十年遺孤孱且貧奉母藉粥饘飢驅靡所適輒復來吾前逡巡未及語心了知其然升斗乞薄少豈足拯顛連負米弱未勝遺僮為之肩郵廬隔阡陌望望生炊烟吾意良已惻吾力殊亦綿坐視妻子困無由慰重泉仰懷朱文季千秋媿前賢讀此詩可以見其若孝亦可見古人生死之交情終始不渝云

胡子英字伯華承安子九歲失怙偶有口過母杖之終身不復蹈及長敬養寡母備盡子道性渾厚與人無競鄰有凌之者亦不校也年七十三卒子炳文有父風事王母父母能竭力

周禹祥六里堰人親族有急必赴族有娶婦無子或勸他適禹祥毅然曰於吾乎養月給之成其志其他善事不可勝數

徐德瑜字不瑕增生事母馬氏孝每日必親自供奉甘旨畢備集古今嘉言懿行為一編曰含貞錄

祝晟字野先庠生鐙元孫少孤力學敦倫睦族濟困解紛嘗拾遺金訪還故主中年無子以兄子洪為嗣三春往南山游人雜還見有珠帽遺於道旁拾之

默座以侯少頃有老嫗哭至其所問之曰吾抱幼主失去珠巾尋之不獲恐不免於冤累遂出諸袖以還之卽於是年得子人謂爲善之報晚年耽吟咏有述懷詩云少年志封侯有劍鳴如吼蹉跎意願囘閑閑桑十畝卒年七十四子二洪字肇州景謙字悅周皆庠生

王坤厚字載宏號鶴汀庠生積學工詩出修資盡收族中之遺骸無主者葬之閣老山側其生平敦行類如此著有蚓吟詩集

祝尹臣字景和號屏山生有至性事母以孝聞端方正眞有古君子風康熙甲午登賢書潛心經學性理周易研究不倦著有屏山心錄

畢國瑞字人表幼失怙事母至孝奉寡嫂盡禮由成均考授翰林院孔目守令聞其名造訪詢時事康熙乙亥制府檄修澉城條其利弊公私稱便初環澉城地民多樹桑邑奉憲府指將盡艾夷備馳道國瑞曰蠶桑民命所關脫有急需馳道且晚可辦耳奈何無故先絕窮民衣食之源哉邑令然其言事得

寢他如築捍海土塘修學廨捐賑施棺諸利益事皆踴躍爲助周恤親族不收其券增置墓田供祠事人咸服其義子建元別有傳

劉瑞陽秦山人嘗拾遺金坐俟酒肆中久不至因囑酒家而去明日其人號泣來詢之乃鬻女以償租逋者亟還之

馮鳳威字知三貢生博覽羣書醫卜堪輿靡弗究心嘗値秋霖不止風迅海溢力請當事修築防禦弟人佺字南三庠生能文工詩甲辰海溢陳創修之策有餘姚民流入吾邑生者給口分得還死者施櫬櫝以斂人高其義

胡若琴字南珍炳文次子世居鮑郎浦孝友成性事母翁氏曲盡子職母晚年嬰痼疾敬養罔懈兩弟早故撫孤恤寡以成其節姪並得成立又出己產以贍之接物和煦從不以聲色加人每歲必擇上等之米精之又精務使潔淨以輸夕賦人稱其善答曰古人有言草莽中惟此爲君臣之義吾以盡吾分也何善之足云年八十六卒

王之翼字汝諸庠生廷望孫少失怙事寡母董氏備極色養家於佘山（郎惹山）之北有田數百畝每年以役事與里書張某往來熟張女殊色已許字張急借宦僕銀以女爲抵僕利其少艾竟不往索逾三年計子母應若干張不能償遂欲奪爲妾方在窘迫適汝諸過其門見張夫婦相對泣詢知其故悉代爲償之事得解而女得于歸汝諸義舉事類如此越明年丙子其子顯一遂發鄉榜丙戌成進士

黃堯思字雲章世居澮水郇力農桑公平正直扶危拯困未嘗有德色嘗輸粟於常平倉上憲匾以樂善好施獎之孫克俊字輔唐國子生睦族敦鄰捐田助祭人有以緩急告者必勉爲周之咸謂克繩祖武云母壽終八十五哭泣如孺子旋卒苫次

陳義培字行可號幹亭又號南林大基五世孫國學生世居管山貌淳樸性豪宕家小康而財不吝戚族之貧乏者婚喪咸仰給焉聞人有燃眉事急以白金往周之無德色每逢令節佳辰約父老子弟輩泛舟讌飲爲樂平時恆閉戶讀書爲文奔放有軼羣之目兩試棘闈不遇年二十七卒時論惜之長子蘭森字樹堂有父風年亦不永

張宗栻字乾元高祖洪溪自海昌遷居淡水村世以耕讀爲業宗栻少孤母萬氏撫訓有方納粟列名國雍性至孝承母旨睦族和鄰慨施行善終身不吝子國學生延齡未婚卒時年已暮卽擇族弟宗鼎次子諸生純熙立爲嗣旋嬰微疾卒年六十有七側室生子靑藻纔數歲越三月又生遺腹子純煒純熙字聲和勤操家政力學芸窗遵父命撫二幼弟恩威並濟卒皆底成立性剛直遇不平事必仗義力爲剖白遠近欽其末采屢躓棘闈至嘉慶庚午科邀恩賜舉人壽終八十有五靑藻字映輝國學生早卒純煒字玉輝國學生今咸豐元年舉鄉飲賓

祝錕字金也壽祊孫孝友著於鄉里推爲祭酒

吳文暉字翼萬號燈庵壽翁中智元孫生而穎悟甫爲文郎驚其師二十一入邑庠試輒第一及壯舉孝廉積書數萬卷遠近從游者座常滿教之必竭其誠遠方厚幣聘者槪謝之曰吾於桑梓則不可辭耳嘗有人登堂再拜曰夫子之教不徒文也某子初不子自游夫子門始知爲子非夫子教不及此平居入孝出悌父病日夜侍左右衣不解帶者累月及卒哀慕攀號觀者墮淚母祝氏病草青詞以籲神願減已筭延母壽未幾果愈兄病亦然不妄謁官府所往還惟一二故人而已善吟詠自出柔軸著燈庵詩鈔三卷溆浦詩話二卷蘿補書屋日記一卷卒年四十七子以敬字惺仲事繼母孝早卒著匏齋集

趙廷玖字佩醇士俊孫年十三父亡顚仆號慟僅存殘喘母徐氏勤勞成疾廷玖嘆曰與其勤學以顯親名何如輟學以代母勞先意承旨靡所不至及歿喪葬竭誠每祭祀輒嗚咽彌日蓋世濟其美云

馬殿升字翰昭先世鳳山自海昌花山遷居豊山東麓數傳至應熊字渭臣即公之父也孝友成性父母去世時家無中人產遺四弟二妹惟次弟已受室餘皆童穉公教之若嚴師愛之如慈母授田築室俾各成立婚嫁既畢而後析箸性明決能斷大事管山有何氏者少喪父族中垂涎其產嘖有煩言公至以片言決之時何戚朱孝廉豪在坐嘆曰吾不如也宗族鄰里奉爲典型卒年七十餘

程尙良字南麓徽州休甯人後遷居溆浦倜儻有才略明季倭擾浙省胡總制宗憲用其策誘致汪植徐海等而去之倭寇平靖時力請阮督學鶚啓武林門民得入城避難全活生靈數十萬神宗戊子歲大饑傾囊助賑不遺餘貲傳巡按好禮嘉其義題授六品郎官敕建尙義坊當煮鹽廣陵時建築瓜州二堰橋知山東臨淸州告歸築室於皐亭之山南自號南麓崇祀錢塘忠義祠黃汝亨爲作誌傳

程斯英字毅菴孝性天成祖病篤奉養備至封股以代刀圭誠感疾愈人咸以程孝子稱之

程文錦字介石至性純孝立品端方廣西桂平縣知縣涖任後凡前案藏奸積弊一經審斷皆帖服無遁辭教民以孝弟力田民知禮節訟庭清靜囹圄空虛時有況鍾復出之稱焉任五載告歸終養上憲慰留之

程原洛字理源父文錦出仕桂平事祖曲盡孝謹祖病篤日夜祈禱願以身代割股和藥以進祖疾得瘳

董雲斯性孝友事父效蘿竭力甘旨兩兄以不善生理致困雲斯輒周之

祝乾錫字磊人諸生壽祊孫性慈惠親戚有告貸者周之不責券硯田所入悉以分給匱乏

祝乾鎮字繩武壽祊孫家素貧授產無多以少孤產日益削後乃稍稍振起克復舊物自奉嗇而事母孝待諸子姪一如其子又與族姪景濂於永安湖祖

墓各捐置祭田以備蒸嘗復申明規約以相戒勿失至今合族咸仰賴焉

祝汝成字道閑錕子性孝友宗族及友戚中有貧不能葬者毅然任其事又於祖墓續捐祭田六十餘畝公產益饒不特祭祀豐備凡族中有正當支用者咸取給焉

胡璋字理中國學生好義家中落自奉甚約而延師教子必極豐腆且尊崇備至子瀛奎字登雲淳字學謙並庠生學謙食貧而廉以舌耕終其身不苟取一介

胡景瀾字觀濤國子生彝仲子嗣叔若琴性慷慨薄有恆產能急人之急戚好有稱貸者應之而不責償焉一日入城完地丁銀至縣治前有鄰人戴某疾行往東神色大異急招之再三問其故鄰曰絲銀輸盡無以爲生行將赴東海以死耳景瀾傾貲與之許其弗償呼之同歸鄰大感悟終身不復賭博云子誠字品金煜如字樸菴並入成均皆有父風甚相友愛親戚有緩急未嘗

以隔膜視之煜如先故遺孤五人並幼誠撫之如己出遇儉歲輒首倡捐資以周鄉里

吳龍輔字楚材諸生士旦孫少孤貧兄病授徒養母具甘旨與妻食粗糲兄卒養寡嫂及遺孤三人生平不欺暗室時以孝悌勉學者嘗與族叔懋政從兄玉成倡議與復孫家堰水利一方賴之著有函齋集玉成字功茂諸生

趙乾行字御天樂善好施捐山五畝以爲義塚遇荒歉出粟平糶舉鄉飲賓五世同堂壽至九十一歲子周彪字文哉武生光裕字謙益監生並有父風

朱烺號柿邨邑諸生篤於內行事邁祖寡母以孝聞祖年八秩餘目雙瞽烺左右色笑無間晨昏少受業於吳蘭陔先生門下多碩彥先生獨契重之其爲人沈靜有卓識每衆議紛紜恆默不發一言及謀定衆咸韙之孫家堰之役竟復舊制父老流傳至今猶謂非某不能折豪勢也以孫毓文貴贈如其官

朱以權字巽亭貢生性至孝父病篤日夜侍湯藥遂獲痊勇於爲義永安湖張老人轉水河三閘獨任管鑰數十年稽查啓閉應墊經營一方利病如在一身環河田畝常慶有秋公之勞績居多其他地方利益公事實心辦理俱類此

吳秉均字右箴邑增生父官粵留事大母曲盡誠敬迨父謝任歸講學里中與從游者相切磋學日益忽遭父喪哀慕如孺子水漿不入口卒於苫次年四十二

朱昇字應亨與堂兄庠生城友愛最篤城病故昇遠館他方聞訃奔喪歸大慟致疾越十四日亦卒

陳連鼇字柱滄性孝友遇人急難窘迫必彌縫濟之家人化其行雍睦無間言

敖楚賓以農桑雜販爲業父彩雲事之孝每夜歸必省視家庭雍睦五世一堂世所稀見

王從禮字休度家貧有孝行壽八十四子允諧性行克肖孫文煜太學生亦孝

友

陳國樞字起元事父母孝幼習舉子業家貧棄而服賈才識兼優客朱司馬瀾永幕司馬卒於任萬里獲柩以歸竭力營葬三世墳墓從子佑周負債數百金代償之以紓其困每遇歉歲捐貲賑濟不吝蒙　恩典賞給八品頂戴壽八十有六

張輔字紹謀武學生精痘科爲人醫治不受酬遇赤貧者爲構參苓藥物以療其疾所需藥資代應約以他日歸還卽不歸亦不索有時人延請至家視症稍備酒殽款留輒告辭急走擘之不能駐如是者數十年濟人不少孫元煦舉孝廉人咸謂爲善之報孫另有傳

楊文雲字景龍太學生郭九皋德和典商高某各捐貲買石分段甃鋪行路自三官堂至六里堰長河圩岸向患天雨泥淖舖後行者便之文雲孫以烜字子瀛道光庚子　恩科舉人卽於是冬遭母喪以哀毀卒時人惜之

方鼎字養庵國學生士奇子端正慈惠每遇荒歉捐輸賑濟不吝親族寡孤貧窘者周之喪葬無著者助之家居節儉教子孫遵循規矩未嘗一日疎縱晚年喜作大字頗得吳香海先生宗派閉戶自精七十三歲卒

吳本佺字典簧號萊峰龍輔子讀書明大義精於攷古丁未歲試出題甯武子邦有道則知通場皆主集註萊峰獨引閻百詩說以有道屬成公時學使朱文正公珪大加奬賞拔爲第一一軍皆驚年至遲暮始中嘉慶庚申舉人歲祲倡議捐濟活人無算遵祖訓喪葬不作佛事以期視囘世風

萬肇埈字德隅庠生天性誠篤力行孝弟敦倫睦里內外無間言家有藏書與弟肇奎從昆肇培邁征相勗學有本源生平仗義疎財每遇歲歉首倡捐資賑濟鄉黨咸推重之建宗祠壽八十有三

陳克勤字元良澄八世孫世居茶院以經營勤儉起家爲人孝友可風敦倫睦族鄰里無間言曾於嘉慶初年倡議葺先人文惠公祠修刻宗譜厥功甚偉

子起鵬字雲逵承先啓後忠厚有餘教子孫嚴而有則閉戶讀書先後並游庠序

周彙吉字蓮齋諸生世居陳灣族中貧乏者周之不倦凡鄰里有嫠居者必加意矜恤以成其志不治生產蕭然物外晚年杖履優游徜徉於翠屏碧里之間人咸知其爲厚德人也年七十一以壽終子知三字石嵒邑庠生立品端方克繼先志鄉里目爲長者時與王赤霞祝雲林吳芸父楊聿修結文酒之會吟咏終日無倦容孫坤淸翰並列庠序

郭二無名字少孤家極貧有一兄不知治生二日肩賣瓜果得錢以養兄嫂其兄八十餘　恩錫衣頂日服之以婆娑於市遇賭徒輒博日以爲常而二亦年七十餘服勤祗事不稍衰未嘗有怨言怒色終其身如之

馬人驥字呈才翰昭孫少孤事繼母王氏極孝敬愛兼盡終身無間言博覽羣書詩文磊落有奇氣慕族祖衎齋素村二先生之風搜羅古書名畫尊彝鐘

鼎甚夥欲以功名自建重違慈母例入成均好爲詩不輕示人故知之者少春秋佳日與同邑吳平遠太史支鶴亭吾梅汀兩封翁繆南漵廣文諸公爲文字飲卽席賦詩同人折服性慷慨有求必應舍旁馬家石橋年久傾圮捐資獨建乙丑大飢斗米錢六百民情洶洶公首捐粟賑飢全活甚衆有知人鑑後進中如吾南園顧荼圃二孝廉吾笏山主政皆於髫齡時所奬許者其他善事不可枚舉嘗以母苦節欲請旌於朝母力止之謂未亡人守節特常事耳安用旌爲及母亡始議題請已病篤矣臨終囑諸子勉成之年僅五十一合邑爲之悼歎所著有自怡編長子玉墀庠貢生忠厚有父風遵遺命爲繼祖母呈請嘉靖十五年有司以聞　命下建坊墀子若孫咸以文學世其家

孫丕基號石林州判廷樸孫少穎悟讀書目數行下天性孝友痛生不見父事母陳氏竭意承歡病必籲天請代兄嫂俱早卒所遺子女撫如已出乾隆癸

丑邑試第一郡試第二受知於學使李雲門先生辛酉省試本房力薦不售遂淡於進取喜購奇石栽異花家近小西湖春秋佳日必偕客游亦游必賦詩兼善畫山水尺幅中具千里之勢零縑斷楮識者珍之卒年僅三十有七惜無子

孫復光號東皐國學生讀書識大體少以節俠自命兄復亨字章德邑庠生嗣伯母徐氏後夫婦年俱不永光代侍奉不異己親恤兄之子孫終其身不懈親與伯母俱享高年先後卒如禮喪葬戚族咸稱之族兄駕鰲赴任處州司訓囑以家事慨許無難色至若廣交游重然諾急人之困又其餘事耳兼工岐黃術年五十一卒

顧角麟號梅村京學夢輔五世孫性伉爽立言侃侃見義必爲鄉里中有爭端必力爲排解好讀書慨想逋翁之風冀紹讀書臺舊澤故在後裔中攻制舉者無不諄諄勸戒期以遠到卒年六十三

顧遇賢字以行京學夢輔六世孫敦孝友崇禮讓處家樸素自安戚族中遇吉凶大事貧不能舉者有所告必力爲措施無德色至若修廟宇建橋梁除道路亦靡不爭先施捨卒年七十六

趙繩武字芭崖光裕長子嗣伯父周彪後邑增生力學不懈食貧能介然自守精醫道不問貧富盡心治之子玉田傳岐黃術鳴盛字桐巖光裕第三子諸生植品方正不與外事善奬掖後進不事聲色而無不率教仲子清瑞季子鴻烈並有聲庠序

祝鳴梧字鳳喈號呂巢乾錫孫生有異禀甫成童經史背誦若流操管爲文有奇氣年十九居母喪哀毁骨立父雲林喻之曰汝銜哀捐生其如老父何乃節哀讀書以承膝下歡歲已未邑郡院試俱列第一遂補邑諸生嗣後試輒高等名噪甚惜屢薦不售迨父殁絕意進取專以啟迪後進爲己任工八法時人方之趙文敏族有某卒後貧不能葬爲經紀其事始卜兆於泊櫓山麓

咸服其義舉卒年六十有二子若孫俱能以文世其家

吳本智字與言爲人誠信篤實籌公事直如己事六里堰瀛洞歲久坍塌幾等漏巵嘉慶二年里人公捐重築獨任督修著有勞績他若增置祭田營造祠宇其孝思不匱尤爲人所難及舉鄉飲賓名實相副人咸推重焉

盧元熙字鑑淸國學生性正直樂善好施嘗出資開濬溆河支浜九百餘丈鋪北門外石道遠近便之舉鄉飲賓

朱和春號笠漁烺子邑諸生抱經濟才厄於遇不得展夙志於里社民生所關無不悉心籌畫如禁石蕩以重海防置閘座以備旱潦創同善堂以革火葬其貽澤爲尤久遠和春家無負郭田力敦義行遇族戚有告急必應或喪葬婚嫁不能舉必力助以成之雖負重累不少衰待人一以誠信人咸敬服之有忿爭欲赴公庭者輒先相走訴卽非素識必接見曲爲開導幷召其欲與爲難者兩解之數十年吾溆幾無邑胥持信符至者沒未逾年聚訟日紛人益思其德不置云著有板橋詩草以子毓文貴贈如其官

胡舞靑字楚珩璋從姪孫職員少孤食貧未嘗妄干於人及長以勤儉漸裕喜施濟凡恤嫠掩骼建橋修路諸善舉皆出資以贊成之每遇歲祲不惜傾囊以贍貧乏年八十九卒

陳貽謀字繹勤號省齋國樞孫生八月而孤母楊氏守節撫養竭盡心力延師課讀及長自知家計之薄遂棄詩書而貨殖焉居常入事慈闈敬愛養三者兼盡嗣後家漸裕卽爲母請旌建坊並奉母命納粟成均外祖母乏嗣因繼子膳養無資邀至家中終養三十餘年歿後合葬於鳳凰山親族鄰里以急務告者無不立應道光十年鄧邑侯廉知其行舉鄉飲固辭弗許藩憲給成均碩彥匾額卒年七十有九

胡靜號愚山煜如長子國學生少孤善病未幾伯父又故黠者多侵之靜善於解紛獨任諸務而使諸弟得專志於舉業其詩有云一身多病後諸弟發蒙

初可想見其艱苦備嘗矣終其身不析產無私蓄壯年喪偶不再娶子霽號柳堂邑增生早失怙恃事祖母孝養甚篤事叔如父弟幼病劇親煎湯藥數月不辭勞瘁弟賴以痊宗族鄉里俱稱之體素羸弱年僅四十將卒沐浴命家人取青衫加身而逝

徐覽豐山里人性至孝母病嘗割股療之邑令旌其門朱西村贈之詩曰兒股傷殘母命存神功亦爲感慈恩懸知今日豐山里不媿當年孝隱村淸譽只應敦薄俗上書誰與乞旌門由來此道無他報會見傳芳到子孫

趙志德字心如士俊子生有至性年十六父疾危甚默禱神前刲雙股以進病即愈

陳于王字爾襄子本虞字子昇俱刲股以愈母明萬歷年間欽賜純孝匾額至今猶存管山農人

葉有聲字向生性孝母患危病刲股而進及母卒號踊不輟終身蔬食以羸病卒

郭介字蓉皋父早歿事母孝及母病篤刲股煮藥

湯秉廉字惟潔家貧耕田鬻鹽以養父母父年七十餘病篤醫藥罔效刲股療之

姚士楷字友端年十八喪父哀痛不欲生事母先意承志母病參苓罔效刲股以進病瘳延五載卒

朱尙儉南湖人父病瘦醫藥罔效刲股和藥以進父嗜瓜歿後瓤盡白而味更甘美呼爲朱家雪瓤瓜

文苑

王洪字宗範號明谷世居通元能書工詩爲塾里師董蘿石擕引道會稽拜陽明王公公見貌偉儀修雖眇一目而善談吐令出接四方從游之士與靖江朱近齋友善以庶女妻其子大原又拜從久庵黃公久宦京師擕館甥陽明

公子正億從洪授書久庵欲補一官辭不受人高之洪本一布衣奮起畝畝鼓動縉紳雖由得所宗依亦傑然可尙云王世廉嘗對洪嘆蘿石高隱洪曰隱與仕對可仕不仕爲隱蘿石原無仕謂布衣可也又問仕不如隱之逸人精力有不能堪仕者洪曰否嘗見陽明講學時多病朝命强之出或不病此自朝廷福非一身事也言中窾多類此乙卯夏五海上寇亂洪驚而歿其子大原避依近齋

聞華淸字南白以經義教授諸生父葬豐山搆廬於旁奉母及弟居之母歿讓其居於弟

許聞過字長復諸生相卿長子性强識日數千言詩文皆超逸絕倫自成一家見挾富貴者深鄙之父誡以涵養後更篤實諸先達皆推之陽明子尤亟稱焉再試再黜遘疾卒年纔二十八雲村有瘞銘

鍾道字子由光澤教授祺之孫由訓導陞太平府教授子二繼儒貢爲縣令繼

祖字希繩居家孝友性侃直諸生從之授經者甚衆晚舉於鄉計偕卒於途而不得霑一命人咸惋歎之繼祖子鴻穎號海槎天啓四年舉人任上海教諭陞縣令有平寇功擢濟南府通判未任卒崇祀孝義

虞志高字子孝弱冠登賢書與弟文學志曾友愛殊常共衾出入宴飲不同赴則不下咽志高早卒弟亦年餘飲泣卒志曾子紹唐字憶蘭諸生事節母至孝博通經史六入棘闈而終不遇以子廷陞貴受封年八十餘卒志曾紹唐崇祀卿賢

吳晉晝字接候崇禎丙子舉人丁丑會試明通榜中丞長子天資純粹才大思精爲文浩瀚有流水行雲之致詩擬長吉少陵書得晉人筆法孝友溫恭淸羸多病病中不廢溫靖恐傷二人意也卒年二十七有蓬蒿園集

吳壯輿字伯載邑廩生貞肅公長子生而神異七歲讀內外傳一月而竟終身不忘從父宦游名山大川發爲文章益閎放高自許可不妄交交不數人有

六經箋疏思居堂集季弟坤釜字季雄庠生有安雅堂集

徐元星字遠之拔貢生盡副鴿曾孫家有園林池沼之勝能文好賓客聲通四方築書屋二十楹招邑中名流張奇齡馮振宗彭長宜謝錫命沈允芳等撰述其中登其堂若龍門云著有研園日牋等書弟元昇字平之內外醇謹事母孝因病棄諸生究心岐黃術元星子舜年聰穎出衆目爲神童十三歲入邑庠未娶乙酉殉難豐山

陳嗣華字孟芳天資英敏博極經史一覽輒能熟悉作文下筆千言無煩思索洵士林之翹楚也敦里睦族令聞遠振九齡入泮第一名旋食餼順治丙戌舉人選授知縣未赴任卒孫光德字輝山以副榜任武康教諭

朱千字天聲明季庠生性至孝慷慨有志與吳貞蕭昆季相契工詩文

吳麟祥字稚仙海寧學廩生轉咨太學有吟住詩稿蕭縣令子麟趾字綠巢邑增生轉咨太學有學稼詩稿尚書子麟祥嘗與麟瑞及余鵬舉結率園詩社

有浴鶴亭樂志園集同時朱絲字以陶有雪芽詩稿朱嵩字常伯秀水庠生有鹿巖老人集工山水間以淡墨揮洒若不經意住住得生趣

朱光启字菁巖澉之高隱人也以德行學問重於時而肆志湖山海江之外遇名勝未嘗不游游未嘗不發爲歌咏故多篇什有懿戒堂詩選

吳麟士字宏度中任季子世居澉川匿影湖上頹然窮老有吾本蓮峯老布衣與世不合長掩扉之句著斲冰軒集

吳麟德字元聞中智子郡庠生積學工詩嘗登釣臺有句云羊裘垂釣亦男子肯與雲臺共畫圖爲藝林所賞著有鑲蕙集易經集解四書存覽子二孚爵字處醇庠生自幼端莊類異沉靜寡言工制藝精詩賦名重膠庠爲多士楷模孚貞字應貞亦工詩有偶村集

顧夢輔字紫垣世爲通元鎮人生而岐嶷不凡十三歲居親喪哀戚逾成人淹博古今名冠一時僅以明經終其身志不少挫著述有五經異同壁經指南

種德家訓諸書疾革咏唐子畏黃泉異鄉之句而逝子三之璧之琦之琰俱庠生

徐豫貞字德宣號滄浮光祿丞光治子監生授州判嗜學工詩博極羣書游京師公卿折節與交晚歸秦溪舊廬怡情山水吟咏不衰工書法有滄浮子詩逃庵集怡老餘編其手訂文集尚未刻嗣子宏道字梅和廩監生善屬文

馮昌臨字與肩方伯皐謨曾孫性好學能文章以歲貢生授桐廬學博所著有易學參說日省編居鄉樂善好施重修文廟建文星閣倡捐號召工乃克竣年九十而卒子鳳威人佺另有傳

祝壽祊翼祊鎧孫六七歲俱善詩文壽祊年十一以第一補博士弟子員翼祊十歲亦以第一補弟子員邑侯郭公深器之翼祊著憤樂詩稿四卷惜早卒不克竟其緒壽祊食廩餼窮究經史諸子百家靡不淹貫著吐鳳樓詩文全集以歲貢候補訓導

徐景穆字臣颺復貞次子天資穎敏攻苦力學小試俱以五經藝冠軍庚午登順天賢書任麗水教諭長於詩公卿折節與交木天一席亦多出其門下有蓬廬詩集柘塘游稿又有拙存金臺兩集漵水詞

畢宏逑字既明號念園其先歙人父粹濤始遷漵水恬淡寡欲而好施與於昆季間解衣推食曲盡友愛館於淮陰親朋過往以緩急告者無不拮据以應家徒壁立處之晏如也能文章工詩書圖章棋畫無不絕妙一時而篆隸尤直逼秦漢片紙隻字世得之若拱璧焉著有六書通已刊行世與同時蔣湘帆王虛舟爲金石文字交藏古刻甚富作夏承碑考兩漢金石記引其說學博而行優爲士林推重云長孫星輔字西躔邑庠生克承家學庚午郡尊李清時拔爲案首

吳士旦號託園邑庠生貞蕭公第五孫蕃昌子天性醇良溫恭坦易其制行卓犖則有確乎不拔之風善屬文理法精密居恆閒曠惟以吟咏自娛故富於

詩編工書法興致林漓盡得古人之妙得其片楮者咸珍重之壽至八十有六弟恢貽號半村作詩瀟洒出塵尤工山水直入元人之室

吳曰夔字汝典號采山孝廉晋書長子恬澹閒雅綽有古風工書能詩兼精究歧黃術著物表亭詩文集從弟景晰字孔與以古學相尚不屑屑於時藝著韻類武庫經緯各百卷

吳爲龍字汝納號思雲曰夔弟博綜羣籍尤好讀史與徐孝績查韜荒李武曾昆季爲莫逆交康熙戊午當事欲薦舉鴻博力辭不赴著讀史拾遺樹萱軒詩文集卒年六十三子朝銓號山啓入成均考授同知詩宗香山劍南著巳晚亭詩集從子正心字心存由舉人仕至常州府同知著蘭友集

董上容字呂音號海嶠御史學六世孫以舉人授諸暨教諭廣置學舍集諸生講誦嘗作良知辨與姚江異旨

萬高芬字豫章寧邑廩生行止樸茂性恬靜舍後闢地爲圃栽桑蒔菊顏曰澹

園以自明其志其偏爲東溪亭三友亭俱觴咏處也陸昂千沈自超楊近仁時相往來有江左孟嘗君之風師徐滄浮書風物南陽四字扁所居享高年而終著皆山堂詩鈔孫光祖字民表庠生精痘科遠近延之

朱鋆字貞庵號古愚文玉長子天資卓犖具不羈之才經史一覽成誦總角補邑增生久困棘闈中年思以異路立名應同里明府王顯一之聘客塞垣發爲詠歌直逼李君虞之室後家居扃戶課孫絕不問世間事工書以自娛壽終八十五

吳正樂字夔典乾隆戊午舉人分司士翹曾孫博通古今嘗與姚德音分纂續圖經徵文考獻與有功焉

畢建元字乾三號蘭巖太學生考授州同知嗜古工詩與吳夔典燈庵兩公同纂修續圖經考據精當工書法筆墨流傳珍如董趙尤喜搆書不遺餘力花山馬氏道古樓藏書散出其精華半歸畢氏賞鑒之精罕有其匹

吳儀洛字遵程諸生同知朔銓子力學砥行私淑張履祥少嘗歷游楚粵燕趙徵文考獻不遺餘力留四明讀范氏藏書所寓目者輒能暗寫中年欲以良醫濟世博覽岐黃家言遂精其術所著成方切用傷寒分經闡明仲景發西昌喻氏所未發采入四庫全書又有春秋傳義周易註本草從新等書

朱權字仲謀號可與豐山人御史泰禎元孫國學生幼時曾病死越宿復活故又名更生好古能詩同邑馬觀察維翰未第時嘗主其家權與從兄上舍作楫族子孝廉謨烈及許明經元文維翰結五子社讀書管葛山房倡和成帙觀察極推重之惜中道殂謝士林扼腕觀察集有聞仲謀訃詩詞極酸楚其女後適觀察長子中驥爲室著枕山樓遺集

朱作楫字立菴號夢齋國子生與仲謀爲同祖兄弟結五子社詩初學李長吉盧玉川體好作沉博絕麗語後聞新城王文簡公士禎談詩詩格爲之一變易簀時悉付焚如族裔孫美鏐文會堂詩鈔中所載二首乃其猶子大勳得

諸敝簏中者雖非全豹然亦可見一斑矣

朱大勳字巽峰號南稜爾鄴元孫少孤賴母時氏教以成立乾隆十六年
高宗純皇帝南巡大勳以諸生獻賦受賞侍講朱佩蓮纂修
幸浙盛典分纂者四十九人大勳暨侍講猶子景杭與焉癸酉選拔貢生學使彭公芝庭極稱其有佩玉鳴鸞之度後選任壽昌教諭庚辰　恩科復中舉人適逢秩滿大憲以卓異薦需次知縣卒於施邸臨終惟以不得終養老母爲恨恨甫涖任壽昌時顧東南一峯甚高問峯名曰巽峰嘆曰吾官其止此乎竟成讖語云卒年四十一沈文恪公初哭以詩云童稚亦知朱孝子春風傳徧小蘭亭蓋紀實也小蘭亭在壽昌

朱篆字人龍舉人授松陽訓導遷太平家故貧以抗直罷歸日與諸生方士高唱和有澹遠堂集士高字翼庭有竹村集士高弟士奇字諤庭有桐溪集

殷瑞梅字訥夫輅字敬輿並庠生山子山字四雍世居舟里山陰耕讀相兼庭

訓不稍假借瑞梅帶經而鋤攻苦夜分不輟未壯登賢書立品端方不與外事以舉業誨後進年逾強仕選遂昌縣教諭將赴任卒輅天資敏悟善腹稿父命每日必薙草以飼羊雖文期不問每命題後輅即荷簣往來山麓及腰鐮歸來則一藝已成伸紙疾書矣弱冠應試郡尊湯拔置第一遂補邑諸生明年即領鄉薦文名大噪取與不苟崖岸甚峻屢上春官座師外未嘗往見一人捷南宮後或以枉尺直尋之說諷之輅謝以有命既而廷試下第名卿爭廷之課其子輅設教先行誼而後文藝嘗謂門弟子曰人生貴自立耳余當時若稍貶其操即步木天登膴仕而此心先不淨矣何以質幽獨乎因自號淨軒後卒於京師館舍諸門人喪之如父亦足徵其德化之所致云兄弟並有著述惜俱散佚不存

朱瀛求字在洲父鏜字魯園諸生爲人篤厚不苟言笑去世時瀛求僅十歲賴兄瀾永教誨始克成立游庠後徧訪名山大川爲幕賓者十餘年歸乃專攻

經史論文必探其根原每自詡爲一生樂事也外至勾股測景岐黃堪輿子平靡不究心兼工書宗思白而少變其體中年膺貢將謁選而卒年七十有五孫熙然字蘭畹郡庠生樂道安貧以舌耕爲業壽終七旬餘

王兆鵬號南浦庠生爲人和厚簡易家泊櫓山陰頗有幽居之樂朱肇楠號南貽以布衣授徒里中好苦吟性耿介非其人弗接也楊之淳號景瀾庠生博雅多能著述頗富三人者旨趣不同率皆高風雅量超然物表惜俱無後吳石帆訂忘年交爲作三高士詠之淳傳有鐵巖詩鈔

戈士忠字進思邑庠生長川壩人善作文力追先正無膚庸險怪之習爲同邑朱侍講佩蓮入室弟子乾隆戊子鄉闈已定元填榜日拆卷見姓名正考官以戈字非吉祥語不可作榜首欲置第二副考官怫然曰此卷豈可居人下寧遲一科不可作第二人也遂見遺嗣後灰心進取足不蹈省門以授徒終其身子鳳喈鳳苞俱郡庠生

沈國蕃字維嶽號松亭邑庠生世居孝隱村孝子壽康復裔家有園林池沼結構楚楚扁以介園先人遺澤也性和平無疾言遽色制藝一本先民暇則養魚種竹栽蓮及時花詩酒自娛與戈士忠萬肇埈肇培馬繼昌方外慧先時相往來淸談竟日俗客不得近焉以壽終

吳熙字太冲號石帆麟士五世孫乾隆丁酉亞魁少失怙恃事繼母至孝勤於汲古以作者自命戊戌會試途中墜車卒從祖蘭陔哭之以詩悽楚不堪卒讀（見八銘堂詩稿）著有春星草堂詩稿朵輯遺稿子春號蓉渠辛酉舉人

陳元城字景陽鱗七世孫舉人著有錦江集嘗客秦淮賦焦烈婦詩爲時所稱

吳愷字敦元進士蘭陔猶子庠生好學頗有發明著有四書貟詮淵鑑便覽

畢星海字崑源宏逑次孫歲貢生善屬文兼工篆隸著有六書通摭遺子楷號杖林梧號琴川俱庠生世其家學

吳連稔字雨潤國學生文暉猶子幼病棄舉子業善植桑著栽桑訣一卷補補農書工詩有棟園集陳阿寶字石壑自幼習賈後從連稔學詩出其上弱冠卒里人爲刻石壑詩草二集俱吳芸父爲之序

吳東發字侃叔號芸父歲貢生與兄庠生以敬潛心經學尤邃於尚書兼通金石文字凡商周秦漢之文靡勿考究制藝好高古至壯年始以第一人郡庠嗣後歲科試凡三冠全軍經古亦再拔其幟王西莊光祿錢竹汀宮詹皆訂爲忘年交儀徵阮文達公延修經籍纂詁等書有國士之目然終於不遇卒年五十七所著有羣經字攷讀書筆記書序鏡尙書後案質疑經韻六書述石鼓文讀商周文拾遺鐘鼎款識釋尊道堂詩文集續澉浦詩話子本履字少芸有詩畫巢遺稿

王際昌字虞絃號蘭村文煜猶子爲人長厚靜默品行端方工制藝乾隆辛卯登賢書啓迪後進名著東湖

陳逌字不猶號蘿隱家冉里山西以多藝入泮性和平志銳敏博覽羣書人問

以經史事無不條分縷晰名與殷敬輿埒而艱於一第晚年以咏吟自娛著有咏史小樂府二卷

萬肇奎字西林肇竣弟專心帖括神與古會舒雲亭明府縣試得其卷擊節不置拔置第一是歲遂入邑庠益勵志攻苦疊試高等甲午鄉試已入選矣卒以首藝小疵竟遭斥落嗣後絕意進取詩酒自娛訓子姪輩讀書敦行遠近稱之遺稿甚夥惜未編次子三鍾侯鍾伯皆庠生豐年武生鍾侯字燮堂長身方面玉立儀觀甚偉天才亮特不屑屑尋章摘句嘉慶丁巳與內弟朱虹舫閣學同受知於儀徵阮文達公互相切磋迨閣學以庚申辛酉聯捷入詞林屢掌文衡自傷數奇遂頹然自放不問家人生產四十後訪閣學於都中公卿爭禮致之大宗伯龔公守正奇其才延課諸子終於不遇倦遊而返兼精袁許之術內姪朱昌頤方垂髫時目爲偉器後果中道光丙戌狀元時人服其識年六十九齎志以卒

戈鳳輝字翼舒號桐村增廣生少好學制藝淸眞雅正不屑詭遇求合弱冠游庠與蔣銓部泰來齊名歲科歷試高等如學使王文端公杰朱文正公珪寶東皋總憲光鼐皆器重之嘗館於同邑韓介石明府家潘荊山孝廉一見傾倒使其子友瑜友瑾從之遊文名藉甚而獨艱於鄉試僅以諸生終性極廉介取與不苟晚年館於馬氏師竹軒十餘載從游日衆教學者必先行而後文嘗語人曰與其爲庶子春華孰若爲家丞秋實華而不實非吾黨也及門諸人皆恂恂儒雅無時下佻達之習古所謂經師人師者殆無愧云

胡文蔚字茂栽自號六痴歲貢生工詩文兼精書法家藥穰園額係相國王文端公杰督學時題弟子負笈信從桃李門牆素稱極盛出門同人與張文魚吳芸父石帆諸公交最契每當春秋佳日賓朋過從饒有蔣徑陶輿雅趣嘗建宗祠設義學子鏞諸生性樸茂有文名惜年不永

方曉峰名夢魁翼庭子廩貢生工時藝詩賦每試輒列高等太守方公明府張

公下車觀風俱拔置第一兼工山水雅好題咏晚年自號天馬山人著有曉峰詩稿弟豐字玉年國學生亦工詩著有稼堂詩稿

孫映煜字載中號黼齋天門令廷權第三子肆力於詩古文詞著作甚富屢薦不售海昌吳兔牀明經稱其雅博似劉原父高深似魏仲先罕與俗客交往來者戈桐村吳芸父及族弟菱江輩數人而已性好獎激後進里中馬玉堂在髫齡時嘗與宿老張竦立同賦登大觀臺詩黼齋並稱之玉堂從此名益出晚號愛山居士性又嗜酒每月夕花晨一詠一觴陶然自得自編黼齋詩鈔邑令張宗軾爲之序幷律賦沆瀣集吳蘭陔爲之序俱刊以行世

馮鈞字赤葵歲貢生工吟詠善書畫尤健於爲文癸丑督學李雲門潢庚申督學劉文恭公鐶之俱拔置第一嘗館於吳門印徵君家徵君頗禮敬之著有貢湖吳趨諸詩稿

顧毅字近仁號東盧逋翁後裔少聰慧讀書過目成誦爲文經術湛深胡稷園

首座弟子也髫年即見知於朱文正公補博士弟子員甲寅乙卯疊薦不售後以歷年多病歲試兩次不赴遂被除名訴於督學今相國潘公世恩以原名應試再入邑庠時原名入泮者殷承謨陳雨生及公三人性伉直好義舉視公事如家事嘗與稷園呈請邑令示禁放生河漁捕著有易經補義惜未竣而卒

萬錢青字誠之肇埈子廩貢生博通經史家學淵源數入棘闈不遇性孝友以身化鄉里嘗侍父往舅氏王赤霞家赴文酒之會青鞋布襪旁觀者咸目爲神仙中人卒年七十一子鴻齡字蘭友貢生文行兼優有凌雲之槪惜年不永未竟其才

張元煦原名天驥字雲程號春嶼青山人生而穎異貫穿經學尤長於易弱齡下筆成文未冠補諸生海昌祝簡田太史閱社課文奇之決其必售中嘉慶甲子科舉人闈墨純用易義詁題爲時傳誦屢赴公車已巳在都中時考教

習爲同人捉刀日未晷成三藝昔人謂相如工而不速枚皋速而不工公殆兼之既而兩人皆取以教習期滿官知縣而已獨見遺性本落拓遂放浪詩酒嘗至江右謁座主潘芝軒相國世恩再至福建訪同年鄭夢白中丞祖椿途中凡目之所觸意之所感悉發之於詩文雖無所遇亦足以豪矣年垂知命始選授浦江學博以實學課士山城絃誦駸駸乎與鄒魯同風已亥以疾卒於任執紼泣送者塡塞街巷著有周易集說詩文稿若干卷

楊逢時號蓮農性謙而和行廉以潔有古君子風制藝之外尤長於詩與弟逢春詩俱采入青浦周泉南名郁濱山人舊雨集中舌耕四方兼工醫以資薪水登道光乙酉賢書屢赴公車卒少遇合癸巳病歿京邸子二俱以哀毀卒遂斬其祀天道之不可知也如此逢春號杏橋邑廩生早卒亦無後著有杏橋詩草

胡芝生號香谷諸生煜如子嗣伯父誠後性恬雅泊然寡營惟潛心於經學朝

夕丹鉛不間寒暑著有經義豹窺若干卷孫明經映煜有序

周鵬海號蓮君世居六里堰生而聰慧性豪爽不覊爲文如其人應童子試俱第一旋食餼道光戊子經魁善鑒別人不妄交受業亦不數人若海昌祝孝廉葆慈徐太史元勳張別駕士寬其尤著者遊京師日高郵王文簡公引之慕其才名延課諸孫文簡精漢學門下多通經之彥互相切磋與公子廉使壽昌尤契合學益進以候補官學教習戊戌卒於京邸士林爲之惋惜

胡奎號冠峰諸生舞青孫天資純粹讀書過目不忘髫年游庠年十九卒士論惜之著有冠峰詩鈔

顧履成號蘭似邑諸生世居黃鶴山莊性豪爽遇不平事輒變色力爭不肯隨聲附和雖權要不避一應鄉試不售卽捐棄俗學讀四部書經疑史奧往往發前人所未發中年游京師寓大司空王文簡公第見聞益廣歸里後續修家乘重刊逋翁華陽集刻意搜羅補遺增原刻十之二三著有姓氏源流考

惜未編次年未知命而卒

王淑純字依仁國學生天資英敏博綜經史工制藝卒以數奇不遇教子弟專務實學工夫從游者日衆卒年五十八著有史要若干卷　家珍字憲廷庠生著有荷亭雜咏盟蘭山館詩草

王一飛字翼豐庠生自幼勤學性曠達雪案螢窓不爲境縛著有事親訓孔懷訓法祖訓入官訓各一卷

隱逸

錢琦字公良號東畬幼讀書山寺中一榻十年衣不解帶燈帳如墨舉正德戊辰進士歷任至臨江太守解篆家居彷家禮祀先置義田惠族遵藍田鄉約教閭里晚習靜於溆之荆山精舍與董從吾方外玉芝游究心性命之微久之恍若有得視昔之勛名事業夢如也乃營別業以居終焉有集十四卷許開造曰先生少貧裹糧往師祝虛齋處之外舍有婦夜奔先生毅然卻之聲色俱厲虛齋微知加禮敬焉遂待爲上客令子繼皋師事之

錢嘉徵字孚于祖居半邏東畬兄珍子太常薇之曾孫孝廉與映之孫中書同之子天啓辛酉中順天副榜以登極恩充貢先達鄒忠介高忠憲咸引爲同志時逆奄魏忠賢盜竊魁柄七年之久衆正摧殘殆盡會崇禎改元在廷諸臣無敢發其奸嘉徵嘆曰聖主當陽而不以丹誠上貢非忠也虎狼食人而不徒手搏之非夫也草莽之臣一言入告雖橫尸都門獲死所矣抗疏列忠

賢十大罪一曰並帝二曰蔑后三曰弄兵四曰無君五曰刻剝六曰無聖七曰濫爵八曰掩邊功九曰朘民財十曰通關節納言見疏咋舌曰書生狂耶爾言上公耶拒不納嘉徵退而上疏并劾納言於是二疏並上帝覽之心動立召忠賢至手疏付侍臣當御讀之每讀一詞輒呼問云何忠賢伏地叩首不能辨帝乃降旨魏忠賢事朝廷自有公論朕心亦有獨斷青衿貢士不諳規矩本當重處姑饒一遭蓋陽斥嘉徵以安逆奄心當是時直聲震天下嗣後誅逆之書曰至卒致大奸正法羣魅披靡匿跡而嘉徵策蹇歸里絕口不談謙抑益甚謂其子孝廉泮曰天下事洶洶壯者宜負荷其艱吾老矣逸而休焉可也往來溆墅湖上選勝於仙掌峯築室翛然有終焉之志

沈純禔字受宜號蒼悅參政允芳子少豪邁負異才文章卓絕中戊子副車考授高陽邑令罷一切苛政宰輔李公霨每稱父母之邦得人任滿陞潼川州知州不願就任歸里晚年避喧家於管葛兩山年五十八考終有塵埃喟一

集行世

吳文冕字從周休寧人杭府庠生遷澉川與吳中丞昆季稱莫逆以文章節義相尙甲申之變冕時年三十九遂杜門不出日以著述爲事有四書不夜篇二十卷周易燃犀五卷兼留心堪輿歧黃脩養之術著三才匯璧四卷醫學指南十卷元科祕要四卷經驗良方十二卷幼幼心法二卷元脩最上乘二卷皆手自抄錄晚年自號白岳逸民貞如子年七十五以壽終

祝鏜字鳴宇倜儻有智識天啓年間魏璫專政遂棄章句絕仕進嘯歌自娛喜與賢豪長者游凡知交繫官於朝者爲之陳利害明去就勸歸林壑不累黨錮教子孫以讀書明理忠信篤實爲貽謀

吳天瑞字聖與性純孝樂琴書愛山水事繼母克盡誠敬父其昌由新安遷新市與澉川畢氏有舊契往來見六里堰風氣古樸山水秀逸思居焉父歿遂遷葬於邑城西北二十里賀家灘家於六里堰不求聞達以仁厚教子孫

祝孚字信公鏜曾孫甫生十月而孤母許氏以節孝聞孚事母盡孝每旦衣冠焚香爲母祈壽雖盛暑嚴寒無間也讀書能了大義不樂仕進自號龍川居士愛山水歷吳楚諸名勝有所思輒援筆以記幷精風鑑尤好施與凡有婚喪不支者每傾囊以贈壽七十八子尹臣康熙甲午孝廉

許令典字稚則海昌人萬歷丁未進士授淮陽太守解組時與司寇吳中偉偕隱澉川築枕濤莊於古橫山杜門不出朱竹垞曰稚則散髮歸田陶潛之屋不豐范蠡之舟偏小籃輿竹杖紙帳繩床雅饒樂趣所謂愛官何似愛吾廬也

陳九歌字雲門明季府庠廩生工詩文試輒高等久困棘闈遂淡於仕進隱居洗馬池村莊以農桑教子孫晏如也

錢汝霖原名青字雲士諸生嘉徵猶子躬行孝弟安貧樂道晚年隱居邵灣山學者稱商隱先生事母孝受母命待姊加厚凡母所遺以半與姊至母之兄

弟及兄弟之子俱周恤師嘉興戚某歿而無子與其同學葬之樹碑其上辛卯米每石銀四兩以所儲米百餘石盡遺親黨張白方璵嘗會遠近士友於峽川紫薇閣相期以考德論學而始終不渝者惟先生一人桐鄉張楊園賦詩以贈秀水朱竹垞亦嘗信宿其家惜無子平昔嘉言懿行半多淪亡焉

鄔日強字天則性至孝爲人淡然無所營躬耕養母暇則授弟之子及子書發明大旨桐鄉張楊園先生至澉造其廬相與訂交稱莫逆吳中丞聞其賢延以教子孫

馬繼昌字越千情性高逸讀書不求甚解少慕陶靖節之風喜栽菊聞有異品必竭力求之得而後已每九秋佳日筠牌分韻竹葉流觴與諸名流宴賞樂而忘疲人皆以菊隱稱之以壽終孫介廉字師展工吟咏論詩以唐賢三昧集爲宗尤精八法得蘇黃筆意與再從兄呈才相友愛情同手足銜觴賦詩無虛日時人目爲二謝著有尙儉草堂稿

王泰字育春號赤霞邑諸生家多藏書淹貫今古叔兆鵬字從龍名重士林以才不得展抑鬱而終泰遂淡於營競早棄舉子業蒔茶種竹栽花果鬻錢以供賓客需望之者以爲山農也搆小齋於翠屏山下時與名流觴咏其中兼工醫以濟世遠近德之教子孫且耕且讀有龐老之風壽過七旬著有屏山吟稿長子福成字義方庠生有父風

吾點字子與邑城人戶部陝西司郎中祖望次子質朴端方無貴胄習氣讀書稽古有董帷匡壁之風乾隆甲寅　恩科以第二人舉於鄉第一人卽湯敦甫相國也主司吳白華總憲有瑜亮之目嘉慶辛酉大挑分發知縣自以非百里才呈改教職選任開化訓導課士以積學敦行人咸重之秉鐸十年引疾歸好校書丹黃不去手聞人有異書必婉轉借鈔藏書萬餘卷皆手自勘定所注杜樊川詩文集考訂精詳有人持五百金購其稿本不可晚構別業於泊櫓山西撫松種菊絕跡城市所與游者皆高人逸士年八十卒

朱石鐘字景蘇泰禎七世孫諸生幼好讀史留心經濟中年後專精心學勇於自治晚年漸近自然粹面盎背望而知爲有德人也然深自韜晦不強與人言學故人少知之者隱於堪輿家占天文多奇中爲人相地得乘生氣法性喜遊山春秋佳日半在九十九峰間年七十一卒子二藻庠生佐清傳青烏術

流寓

姚桐壽字樂年桐廬峨谿人博學多才元末爲餘干教授與僚友鹽人沈穀善結婚盟穀死桐壽攜子就婚値世亂因廌居豐山之陽著樂郊私語一卷吾鹽宋元間故實得畧存者賴有斯編也其敘略曰世方擾擾桐江迫處孔道所必被兵且此州僻懸海上亦自可托何必故鄉遂定居州城往來豐陽別業之間稱此州寓公也既而與新故知交若雲間楊廉夫嘉禾貝廷臣潘澤民張子晦本州楊友直時于春林夏澤尋討舊蹟遺撥旅懷凡耳目之所覩

記有觸於中輒爲條載不覺叢聚成帙聊爲編次就正於後之博達君子云

查志文字鳴周海昌人仕爲廬郡無爲州守仍晉秩本郡丞買山冉里爲園且爲生墓焉曰余愛風土樂願埋骨於此也

金九成字伯韶幼警敏善屬文九歲題詩郡齋爲太守龔公勉所器重十二補弟子員萬歷丙子舉於鄉再上春官再失利當軸者欲因其困收之慨然不樂歸臥武原之望虞山自號望虞山人著史論史辨各三十卷又別爲元史攷誤四十卷詩格在高季迪袁景文之間五言近體尤遒上有懷春小草借竹軒稿望虞山人全集年僅二十九而卒王世貞爲作傳子壽明亦有名著麗情雜錄雪堂初稿續稿

邱上儀字維正常州武進人崇楨辛未武進士由江西都司陞海寧衛參將輯兵安民剔除營弊廉能惠愛甚得士民心薦擢南贛總兵見時事不可爲遂謝病不仕軍民共感公恩立石衛署門外曰天下第一清廉仁愛眞正好官

參府邱公去思碑鼎革後不歸故里隱居邵灣山茆屋數椽僅蔽風雨賣漿爲生率其子躬耕奉母嘗躬糞桑圃山中人見之駭曰公自灌得毋臭乎答之曰不臭尚有臭於糞者傳以爲笑商隱聞之歎曰明德之馨先生有之矣有盜刼行舟公彀弩射之百步外中其目盜乃遁舟中人造謝弗見又嘗負薪三百斤行山中汎兵欲奪之盡爲所縛兵乞哀始縱之去龍山祝眉老集隱君子十四人計其齒盈千齡目曰千齡社公與焉即席賦詩援筆立就推公爲擅場歷三十餘年而卒時已七十餘矣葬邵灣小山子孫遂家焉公詩曰孤村冒雨墊綸巾一櫂衝寒破水淪自是素心堪共侶好將末俗使還淳藏身曾學姚平仲招隱誰呼祁孔賓良會詎能誇競病舉杯且盡甕頭春

吳普誠前明隱士讀書談道不求聞達托跡海上世無識之者其泛舟詩云扁艇泛河津葛天上古民忘機人莫識鷗鳥偏相親讀此可想見其人矣

冒襄字巢民一字辟疆如皋人崇禎壬午副榜甲申之變挈家遁居鹽官寓胡職方孝犢家凡書册器具命姬人董小婉收貯福王時召爲司李不就移郭外大白居又去至蒼山茅屋漁艇或月一徙或日一徙卒於馬鞍山遇大兵幸得一小舟飛渡而骨肉得全

祝以眞字佑徵號元岳世爲龍山望族嘉靖辛酉母居氏夢眞武捧蒼玉盤盛一兒趨寢所而生故以爲名九歲入嘉庠至年五十八始中戊午應天舉人由嵩縣學博陞南豐令裁馬戶之役抑勢豪之橫考滿歸卜築邵灣山倡明理學乙酉聞南都亡痛哭不食卒子守巖字仲基庠生轉入太學不樂仕進高臥山中種梅栽竹足跡不入城市者三十餘年曾孫琦字留餘丁巳解元平山令仍居龍山琦弟琩字宏方世守山林安於泉石倣古倡爲結甲歲一修之以禦盜賊其地山花倍於他處至今稱仁里焉

徐默字墨丈寧庠生瀟洒出俗有孺子之風自海昌塔下徙居舟里山再遷茶園祖孫父子談文論道讀書而外不知其他與彭羨門少宰交最深廷至京邸唱和詩文流傳燕山

龔本字培之姑蘇人隨父天錢至漵經理黃道關稅務廉能公平征榷驗貨之暇與士林結金蘭之契旋與漵人締姻親時往乍川及溫州閩署勷理在公天錢字倚蒼歿葬於南門外青龍橋本歿亦祔葬焉

賴鵬飛字程九號豫仙象山庠生性廉介好游覽與騷人逸士相往還工書法善吟詠久客武原時吹吳市之簫不以爲恥也吳石帆贈詩勸之歸卒於通元法喜寺胡穰園爲之經營其喪豫仙著留溪吟稿有對梅雜咏詩七絕二首阮相國文達公撫浙時採入輶軒錄爲世所稱孫黼齋有吊賴秀才詩云曰歸曰歸胡不歸雪中游子尙單衣吟寒此日知何往應向高堂夢裏飛之子才華不自憐白雲出岫幾曾還此生似識眞歸處慧業仍依淨社蓮　鵬飛於省城乞食時衝巡撫於道將責之訴以貧困目昏不覺巡撫曰能詩卽貰汝命題鄭元和鵬飛應聲吟有風雪有情隨瓦罐雨雲無夢到陽臺句巡撫歎賞不已攜以客幕下踰月乃逸去古人云才子少福其信然耶否耶

藝術

胡日章漵所人少學祿命術遇異人海上授之訣因益精與人言必依於孝弟忠信有後母者尤諄切戒勉之蓋有道而隱於術者嘗隨都指揮脫綱征金華賊綱戰沒總帥孫問日章曾算脫公命否曰命書在公篋中孫取視尅期一無所爽又判海昌一人云苦苦苦只恐明年正月五枯竹叢中苦又苦其人果以是日乘驢過談家嶺驢驚墜刺竹枝死判沈氏云年年空佩宜男草不見金盆浴鳳雛竟無子餘判已載董志年九十餘卒

韓德基字卓甫履祥後裔少孤年二十未知讀書求友負其膂力豪於馳馬擊劍之事嘗走海上縱轡三十餘里每一日必數往返習射欲求良弓輒走數百里外求之至數月攜數十弝以歸皆所自製也蓋性聰敏故凡學輒精巧過人久乃刻意改行折節交賢友專精於醫決人生死多奇驗醫窮人多不受酬瞷以金置藥中付人呼爲元寶湯出有所得必獻之於母或分與親知舉祖母之喪營辦皆竭己力不以責諸父諸弟孝友好義其天性也卒年僅三十九惜無子以弟之子爲後

黃谷字彤庭號松石滇南世爵爲將軍豪健勇直尙意氣罹於獄托繪事以得食朱御史泰禎按滇時購將軍獄中所畫悅之乃論出其事因以自隨卒賴以平滇寇與俱返武原館於家將軍爲畫筆與氣雄不良於秀雋故圖山川不如沈周圖人物不如仇英圖人影不如曾鯨而獨長於貌蜀漢關侯神宇軒豁鬚眉凜然名動公卿間月可致千餘金盡散擲於酒吳貞肅嘗以酒屬之曰將軍好狀關侯非其勇烈特類歟而神浹於侯將軍大喜謝知己遂飲盡醉迨御史謝世後將軍髮白且目倦不能以筆墨動人時其困乏惟御史子孫二三人而已依門人張遠以終

徐潏字柳門號右史萊之孫庠生精通岐黃廣行醫道不受人酬所活者無算世號仁醫子作輪字臨遠庠生凡人有急難善於排解咸懷其德

萬育和精靑烏子術爲人相墓其持論與俗師異謂出忠臣孝子者爲上出文人學士者爲中出富貴者爲下著有形家五要補編海昌查愼行爲之序

朱逢吉字谷懷諸生寄跡蕭寺泊然如浮屠不輕爲人作畫筆墨師石田設色近衡山

吳國梅字調五號鶴野廩士元孫畫宗北苑皴法稠密善用積墨北遊燕京拂旅壁作畫董文恪公邦達見之大加獎賞延爲上客

祝貽燕字翼如汝成孫幼有文名偶閱人子須知因益取靈素諸書涉獵之遂精醫理著有治肝三法傷寒易知醫案心法諸書及翼如詩文集

許栽字培之國學生吳遵程高弟人品高潔專精醫學所辨傷寒分經實得仲景遺法每有患症他人束手無策者投以藥劑活全不少著有古今名方摘要歌勞倦內傷論醫案賞奇痢症述金匱述等書兼工詩有高陽山人詩稿

王尙賢字典藩號薌岩邑廩生工寫蘭阮文達公督學時兼以繪事試士尙賢與吳芸父天馬山人皆錄取山人次子濤號松壑庠生工山水蒼秀不墜家風季子師禧號書海善寫生瓣香徐黃

胡欽止字祖行穰園長子性落拓好飲酒不拘小節時釣大澤中以自娛父乃爲之講解小兒科習以濟世工推拿法人莫能測其妙也斯時遠近兒罕夭折次子源字春波性巧慧工篆刻以得羸疾遂棄詩書業醫亦工推拿惜中道卒其術不傳

尹南湘通元鎮人精傷科善接骨次子證源益精其術阮相國文達公撫浙時封翁湘浦先生墜馬傷足官醫莫能治同邑張芑堂徵君薦尹至節署醫治遂獲痊相國大加禮遇厚贈而歸

耆壽

倪翁名仲仁生正德丁丑至天啓辛酉百有五歲卒貌不甚揚而精神特堅碩以耕爲業於世事一無所營暇則共羣兒角逐爲戲或唱村謳自適其斯爲無懷葛天之民而壽過其算者歟

胡日章壽過九旬趙其孝壽九十九歲 事跡見前

徐應奎生嘉靖丁未卒崇禎丁丑壽九十一編修張瑞圖爲題像贊曰古道褆躬坦衷踽步白首一經窮年閉戶玉樹蜚聲金莖入賦被服恩綸不殊寒素宗黨依之有室有恬寧必有餘割產而赴宜爾方來永綏福祜長子光治季子昌治俱年踰九旬猶子文治壽九十有四一門耆英自古所稀 事蹟見前

吳中智字明臺芸猶孫前明萬歷丁亥生逮 國朝康熙已未卒壽九十三山父公爲題像贊曰色若嬰兒心如冲谷登斯上壽備茲多福飲和養恬去殆遠辱曾叩厥要事在知足分勿求過口不縱欲道德五千拜受三復

馬萬選字端如庠生庭堅字筠旃之祖世居秦豐兩山間以耕讀爲業時值滄桑不求聞達持己則率眞無競待人則然諾不輕里黨中有嗟半菽不飽者無不賙給有事勢難支者無不扶持五世一堂生於明萬歷丁未三十五年卒於 國朝康熙壬午四十一年壽九十五曾孫婿鄭孝廉松英爲文以祭詞頗典雅

馮昌臨黃元吉壽俱九十趙乾行壽九十一事蹟見前

孫化譽壽九十四從姪允驥壽九十三俱庠生

胡雍陶字淇元性和易與人無競壽九十一子燕昌號南浦邑庠生克守素風

無機心亦享高年

孫宿耿世兼耕讀晚年喜靜構精舍中奉三官日誦步虛詞壽九十子尚芳字

廷槐性謙和藹若春溫亦享高年孫復亨復光俱名列士林

陳悅高家木山頂以山農爲業壽九十有四

楊瞻字聿修楊家團人少工吟咏乾隆戊寅應院試詩題竹外山猶影官韻限

猶字得句云綠兮歌有斐苞矣詠無猶學使竇東皐先生賞爲通場之冠遂

補邑諸生屢踏省門卒不遇至嘉慶時循例重游泮宮卒年九十有五子現

郡庠生亦享高年

張玉林字洪源配徐氏年俱九十有二白首齊眉世所罕有嘉慶時恩賜銀緞

今咸豐辛亥元年恩科舉人鼎即其曾孫也

仙釋

潭峭字景昇號太極子泉州人國子司業洙子夏裘冬葛狀類風狂有海上詩

云線作長江扇作天靸鞋抛向海東邊蓬萊原是無多路只在譚生拄杖前

遂仙去後人因名其處曰譚仙嶺萊陽于鳳嘴嘉興府志補載仙書在嘉興府治西北會心道院元統甲戌中秋日有雲水道人借榻投宿至五夜索筆於院主因乏不與至曉示殿前元帝之兩傍粉壁揮洒六大雷神於上威武奮揚令人膽落題云雲陽譚氏太極子蒼巖作元統甲戌中秋日董題至今墨汁淋漓光彩照耀其被屋漏痕處模糊

慧稜姓申屠圖經作姓孫本邑人吐言質朴談理入微時人號爲得意稜童齔日於

通元寺登戒後游閩嶺謁雪峯頓明本性閩主召住長樂府長慶院號超覺

大師得度者不減一千五百衆

自恢字復初豫章人元末住法喜寺明洪武初移住廬山

楚石琦禪師小字曇曜象山人姓朱氏父杲母張氏夢日墮懷而生七歲靈性

穎發九歲趙文敏公爲鬻僧牒棄俗入永祚禪寺受業於訥翁模師元泰定中行宣政院命師主講席至正甲午過豐山愛其幽僻結茅於此名實相菴後成叢林即覺林寺明洪武初詔天下高僧作大法會於蔣山師居第一再召說法賜伊蒲供於文樓三年秋上問以鬼神情狀師應召而至館於大天界寺書成將入朝敷奏忽以微疾索筆書偈而逝賜謚佛日普照慧辨禪師著有楚石語錄和陶諸詩北遊鳳山西齋三集宋學士濂撰塔銘并序備載邑圖經

蕭鍊師未詳其名結廬鶯窠頂山工吐納法精爐火術樂湖山之勝罕與人接明高啓有蕭鍊師鶯窠絕頂丹房詩云人間不可住混濁同腐腥一落三千年塵夢無由醒稍聞方士說恍惚通仙靈羨門與偓佺相期餌芝苓自顧眞病鶴秋風墮疎翎碧海不得度烟霧愁冥冥師從天姥來身佩豁落經不邀五利寵深棲鍊神形東觀鶯窠峰中天插孤靑其下吐浴日其高望飛星昔有學道侶井臼遺巖扃愛茲絕俗地遂爾留軒轅太鼎生紫烟丹成衞天丁

金骨坐可蜕騎龍駕風霆積水浮方壺東望類點萍紫臺白玉榜中有眞人庭飛游願從師往讀新宮銘

寶珠和尚常游杭嘉二郡惟念佛不絕口後於海門寺忽若顚狂者將半月僧呵曰爾平生實行當與世人作眼目何得乃爾珠曰如是吾行矣浴畢安然立化

如性字覺軒靈隱書記僧行端望重爲覺林主寺事毅然以興修爲己任建造殿閣規制大備遂請於朝賜額覺林禪寺

宋觶幼聰慧十一歲出家硤石廣福寺因無際禪師引參海門天眞和尚和尚舉狗子有佛性語言下大悟深得圭峯禪師之奧旨圖經作比邱尼

明秀字雪江又號石門子嘗住錫海門禪寺楚石琦公九世孫也俗出本邑王氏與孫太白鄭少谷方棠陵沈石田善王伯安謫龍場驛丞雪江送以詩云蠻烟瘦馬經荒驛瘴雨寒雞夢早朝一時傳誦又與處士朱朴陳鑑游有雪

江集三卷

金粟寺僧永瑛字含章號石林工吟咏嘗與小瀛洲詩社士林重之有石林集其後斯德能嗣音著金粟漫稿

文湛字秋江族姓通元顧氏祝髮天寧寺著有蘆葦亭集及江海羣英集行世

明堅雲岫庵僧也庵初廢隆慶辛未堅從百法寺來卓錫於此庵復興精嚴戒律經年閉關趺坐其徒如元蕭山史氏子少有室棄之投堅公披剃參宏法師受具足戒力修淨土有山居詩云枝上兩三聲巧鳥窗前五七片閒雲山翁潦倒無籌算盡把生涯訴與人爲世傳誦

圓悟字密雲荆溪人自幼出家卽豁然大悟徧參諸方上天台探禹穴繼席龍池游匡廬之南嶽住天台通元寺二年遷海鹽主席金粟緇素雲集檀施山積大廈鴻構食堂嘗萬指金粟故有千人井蓋前定云住五年復自閩省入天童宗風遠被王公將相下及韋布狪獠倭蠻重譯問法晚居太白山示寂

化去金粟有悟衣鉢塔

通乘號石車年十七偶閱龐居士問石頭不語萬法爲侶者是什麼人話大起疑情遂往天眞庵請益海藏師至瑪瑙寺薙髮遍參江湖耆宿益精元旨嗣主席金粟法化大行其付法弟子自金粟出者二十餘人有語錄行世

道忞字本陳潮陽林氏子甫冠棄弟子員爲密雲悟和尚嗣主席金粟順治已亥　世祖章皇帝召見萬善殿賜號宏覺禪師繼住天童法嗣天岸再主金粟席康熙中亦召見

覺元字滄曉朱孝廉瑞岩子自幼披剃寧海寺得法於天台祖憲道風高潔士大夫樂與之游有語錄行世

超海字四航俗姓陸澉人始生啼不止有老尼撫其首曰汝可仍入淸福中毋苦卽不復啼自幼出家紫雲庵以師祖雪如爲法靜攝好學嘗咏里社古羅漢松曰不羨大夫褒上國願將羅漢老塵寰其素心如此及長游參四方開

堂杭之福嚴龍泉等寺最後鼎建崇福寺年六十六預示期而化後賜紫禪師親承　世宗憲皇帝明問具言其賢因已殁飭其嗣僧住揚之天寧寺

澉有張道人者慕道出家澄心默運從桐柏宮學道還結茅於烏龍井之山嶺庚申辛酉夏秋亢旱澉民羣請於道人遂露頂跣足偕衆行田間雨旋至酬以錢帛毅然却人益重之當冬月積雪沒脛者累日人疑其凍餒死道友端凝上山探之見其趺坐人目爲張半仙云

體源字浮山俗姓馬郡城人年十八出家於寧海寺四航海之法嗣後駐錫邑城西關外春林菴遂終老焉僧臘四十有八世壽六十有六性躭吟咏所著有歷游草笑我集

釋氏雅擅工詩者戒襄字子成號平野石林瑛之法孫有平野集二卷能書兼善蘭竹從文徵仲遊如觀字蘊虛有夢華幻住禪餘等集

金粟寺德容字費隱著語錄及漁樵挂瓢等集琈字石庵著法語幷詩偈浮石

號靑蓮禪師通乘字石車皆工吟咏隨本師蜜雲和尚付法（擕李詩繫）海岳字中洲有綠蘿庵詩稿（田衣生詩話）源瀚字覺海有水雲集浮石又嘗結剎秦山及鶯窠山

實智字心如澉川祝姓子也幼薙髮於海門禪寺後受天台萬年寺本覺禪師衣鉢深得定慧之學幼未讀儒書悟後輒工吟咏兼善古文能作大字晚年住持金粟方丈著有閑齋詩稿

馬玉山字譽書住通元嶽廟性瀟洒工吟咏具出塵之致構萬綠山房日與名流觴咏其中吳石帆胡穰園諸公訂莫逆交石帆寄胡穰園幷示馬鍊師詩有句云他時萬綠軒春禽鳴格磔寄聲狂道人沽酒梅花夕蓋紀實也著有萬綠山房稿惜散佚不存

法源字東麓住泰山茅庵善畫梅龍慧先字雲峯又號蒼岩俗姓謝出家三郎廟時邑城俞維翰號滄洲又號墨林善畫人物工山水用筆淋漓卓然名家

僑居於此蒼岩因從學焉盡得其祕
明毓號喬松本邑沈氏子列庠序有聲一日與子六如同往探親未及呼渡猝然大風覆渡舟無一生者遂大悟携六如薙髮於金粟寺精求律學道行卓堅後主席嘉善慈雲寺景附者衆圓寂趺坐龕中當暑蠅蚋不集數日不壞先是六如參花山雲岫長老付法歸喬松喝曰汝愛野鶩厭家雞耶
惺塵禪悅寺僧當湖人乾隆五十七年至澉住持非衣粗食力修淨土募化鳩工重建鐘樓極有勞績
朱漢翀字棄珩號樂眞御史泰禎七世孫廣顙大頤骨相端莊語默舉止咸稱爲神仙中人講求元理悉得其要凡歲遇旱潦步禱輒著靈應授贊教廳著有水月軒續吟

澉水新誌卷九終

溆水新誌卷之十列女門

卷內除請旌外凡書已題者俱本郡邑志所載於咸豐元年呈請各大憲彙

題次年

命下一體准旌

貞女　孝女

朱貞女 溆浦朱文儀處士女處士見同里吳撍史八疊秋興杜韻以女許字未婚而吳遠游不歸迨處士死或欲奪志貞女堅不從吳之兄聞之同族人公請至家為之立繼乾隆七年沒年四十有八守貞者三十年矣邑令周公宣獻給匾表其門并為作傳備載十一卷已題

祝貞女 字朱維垣未成婚而維垣游粵東卒姻黨有勸女父母別許者女覺之涕泣且出袖中繩一具曰倘事與願違惟畢命於此耳父因鳴咽欲絕父乃弗之強朱之族聞而義之議以維垣兄子為之子請迎養焉女慨然髽而赴為其子營婚娶襄祭葬有不足則取辦於十指機聲績火寒暑無間數十年苦守卒遂其志乾隆六年 旌

陳貞女 許嫁北圜吳簣基聞簣基訃自誓歸吳守節毀容截髮鄰里罕見其面者四十餘年已題

陳貞女 許字吳德昭子至十七歲將行聘德昭子死訃至女即促輿往奔喪時親戚皆勸止之不可比至慿棺大慟見者掩泣直以婦道自處事舅姑盡孝年至五十七而沒已題

周貞女 文溪隱人早失怙為同里吳姓養媳年十二吳姓子天舅姑憐其少欲嫁之女願代夫奉養矢不易志年至八十二預示死期沐浴更衣坐而逝女本家貧又在弱齡顧能嚼然保貞至死不渝尤人所難及平時坐一木机履足不易處板為之穿至今吳姓猶寶藏焉已題

胡貞女 雍陶孫女字諸生陳迥三子敬敷童養夫家年二十敬敷故未成婚守貞不嫁有議婚者女潛知剪髮舅姑愈珍愛視如己出命以姪為嗣矢志氷霜五十餘年道光十五年 旌拱坊人

方貞女 張祥林聘妻童養夫家未婚夫故女年十九誓不再適撫姪為嗣道光三十年 旌

湯貞女 父沛敍棄圩里人年未笄父母俱亡遺弟妹三人無所瞻依女因矢志不嫁為主家事撫弟鳴謙及二妹以次畢婚嫁殯葬父母里黨稱之族中欲呈請 旌表以力不能逮私擬貞孝可風匾懸之於家欲誌之不忘也卒年五十有一已題

馬貞女 方應泰側室應泰娶韓氏馬媵女也應泰早卒韓亦相繼卒遺孤佑誠弱小無依馬立志撫孤誓不他適方族義之為立木主擇日設祭拜奠立為側室日夜紡績勤儉苦度撫佑誠至十八歲將成立又遭天至今女仍堅志守節道光二十一年 旌

陳貞女 蘭森女繼母吳氏女孝而慧自悲幼失怙恃恪遵慈訓長字萬鍾佑聞萬生天折慟哭欲自殉母解之再三姑強起承歡毀妝茹素矢志守貞積悲成疾不數年亦卒道光三十年 旌

陳貞女 馬介廉側室介廉娶邑城副元尤鸞女陳媵婢也尤氏長女歸吳早寡遺孤週歲陳佐女撫孤成立始返尋以主人無子侍奉之人誓不嫁介廉卒尤氏義之命拜木主爲側室佐嗣子持家不少怠貞義可嘉壽至七十二而終

徐貞女 戈恆元聘妻未婚夫故女年十四奔喪成服事堂上盡婦道撫嗣子成立現年六十二道光三十年旌

孫貞女 方起宗聘妻未娶起宗卒訃至女年二十一慟哭悲不欲生母勸慰之女以大義自持立志守貞決意歸方養姑未幾姑又卒女益悲痛志愈堅方族義之擇日備輿往迎女塋而來抱栗主展拜成禮爲夫及姑服三年喪家居節儉拮据購買坟山爲翁姑及夫意圖安葬茹荼飲冰閉戶紡績外人罕見其面以姪連熊兼祧爲嗣現年四十三道光二十九年學憲趙公光給志節冰淸匾表其門

陳氏 世勳女仙游令許令瑜妻讀書明大義事翁姑至謹父初艱於子母周性褊氏請父取任姬爲貯別室生男至五歲母周病氏歸省乃涕流爲言任姬生子事母喜即日置酒召任姬令兒上壽里中傳爲盛事二老相繼即世撫弟贊皇底成日立姑出數篋示弟曰此先人所賜之物也弟感泣拜受

胡孝女 太學煜如女事母甚孝母嘗有疾侍奉備至含涕減食父故佐母撫育諸幼弟未字而卒

孝婦

林氏 百戶盧字女陳鱗曾孫叓蕾字玉如妻叓蕾性至孝妻化之明末有兵變姑老龍鐘妯娌凡六人林獨負姑避難病不能速猝遇衆軍以身蔽姑被七刃血暈而死冥中稱孝婦宜增壽二紀次日復甦後果壽終八十貢生坤元舉人元城卽元孫也已題

朱氏 中丞吳廖瑞妻年十六歸吳時中丞曾大父大父母俱在堂氏色養備至及中丞貴既絕請謁一日有以主魚餽者謂中丞曰奈何以小物壞其操乎及相勵嚴謹類如此後居舅姑之喪篤盡誠敬訓子孫以無忘先德侍下有恩終身疏布壽六十有八至今溆浦傳其家訓焉已題

陳氏 繆振美妻 **馬氏** 成美妻妯娌也姑病在牀其夫俱赴田中操作忽鄰火延燒其舍烈焰甚二婦見勢急各棄其抱中子爭從烈焰中負姑出姑全而二子燼矣嗚呼舍其子救其母非有至性灼知大義者其能然哉且出自村民之婦尤所難及此康熙四十年閏四事因名村曰雙孝已題

莫氏 沈九範妻世居六里山九範有孝行事父母几席之間冬燠夏扇有不愧古人風父或戚赴里飲無論醉與不醉必負以歸防顚躓也九範身羸多病氏每濟其不及及九範病不起嘆曰我身後誰與奉二人如吾者氏泣誓曰不敢忘事舅姑悉如九範歷三十餘年喪葬俱盡哀禮後潘憲徐公以桓陶並美旌之已題

吳氏 太學徐中道妻婺川令吳叔獻女侍郎曹溶外孫女自幼育於外家習聞閨訓事姑孝敬親操井臼必潔必誠卒年六十一長子敦彝妻謝氏見姑歿一慟遂嘔血死人咸謂徐氏兩世孝婦已題

張氏 朱寬洪妻事嗣姑孝甲戌秋姑病篤禱醫罔效氏乃刲股調羹以進姑病遂愈復得久延已題

節婦

向氏 名妙蓮費逵妻年二十三守節成化中旌通元人

溆水縣志 卷 五十九

向氏

節婦

張氏

吳氏

莫氏

陳氏 馬氏

朱氏

林氏

胡孝女

孝婦

陳氏

舒貞女

徐貞女

陳貞女

陳氏 白戶胡偉妻年十九偉卒子靖方八月撫以成立襲蔭壽六十三卒已題

翁氏 將杰妻年二十九寡止遺一歲孤苦守五十餘年已題

馬氏 邑廩生陳大基繼妻早年守寡備嘗艱苦大基攀竹植地復生成林因以瑞竹自號子應運

陸氏 庠生馮春暘妻婚僅歲餘夫亡翁參政公憐其單寡以幼女女之後適氏姪進士陸鏊天啓中旌建貞節坊於西門內倉前

金氏 沈宏達妾年二十宏達卒母欲奪其志終身不相見宏達有女嫁朱萬言三年而寡卽屏居小樓不歸母家萬歷中縣並匾旌已並題

常氏 顧尙德妻早寡撫遺腹子嘉聲成立苦志終身

顧氏 宜黃令所有女字當湖陸僉憲夢韓季子堯俊所有無子因入贅焉堯俊豪華公子幼孤家業幾蕩尋得瘵疾死氏抱堯俊兄子鑒爲子存其祀而身侍養於父若母終天無闕禮女子之遇如氏者爲最窮而節孝亦最爲兩盡已題

王氏 禮部儒士顧鈿妻夫亡苦志撫孤各大憲旌以匾額

步氏 庠生虞志曾妻紫雲村人早寡守節崇禎五年旌建天朝旌寵柏舟媲美坊

許氏 祝懋功妻年十八夫亡子孚甫數月孝養祖姑二十餘載營兩世窀穸苦節五十八年康熙五十二年旌卒葬時有白鶴翔繞因名鶴來墓

曹氏 祝宗鎔妻年二十二寡子甫生力養祖姑舅姑壽八十巡撫王公度昭獎之道光三十年旌

盛氏 郡庠生吳中倬妻倬游學京師甲申之變貞肅既殉難倬亦遇害盛年二十四欲自縊姑曲慰之乃強起事舅姑子廉世甫三歲訓之不少姑息卒年八十十一人稱節孝已題

董氏 孝廉吳晉書妻年二十六寡撫二子曰夔爲龍心力俱瘁有人所弗能堪者已題

項氏 庠生吳壯興妻年二十五而孀教誨遺孤不墮家法孝事舅姑始終無間已題

李氏 吳蕃昌繼妻年二十一夫亡撫庶子士旦恢貽恩義兼盡

沈氏金氏倪氏 蕃昌側室俱苦節自矢擬之張黃門之寒香晚翠眞不愧也已並題

朱氏 吳謙牧妻年二十八夫居母喪哀毀卒撫二子一女經營窀穸苦節三十餘年已題

翁氏 刑科給事中自涵女文學吳鼎象妻鼎象爲別駕廖武子性豪邁跌宕詩酒間家日益落沒時氏年二十九無子止一女茹荼飲冰三十餘年已題

沈氏 國子生馮春暉繼妻年二十六夫沒沈故吳興名家素明大義淸操自勵疏布紙績以終其身教二子景裕珍聘名著四方年七十餘順治八年知縣郭公旌其貞節景裕嗣振宗後已題

董氏 庠生王大綸妻年二十九夫歿撫三孤建斗成軫之翼教以義方俱入庠建斗早世婦董氏卽氏之姪女遺孤繼殤遂絕粒殉夫時年二十七姑以生守節媳以死全貞時人方之二姜康熙庚戌當事給獎其廬曰東海女宗孫顯一之翼所出丙戌進士並題

陳氏 [illegible]

翁氏 [illegible]

屠氏 [illegible]

陸氏 [illegible]

金氏 [illegible]

常氏 [illegible]

顧氏 [illegible]

王氏 [illegible]

步氏 [illegible]

許氏 [illegible]

曹氏 [illegible]

盛氏 [illegible]

董氏 [illegible]

項氏 [illegible]

李氏 [illegible] 沈氏 金氏 倪氏 [illegible]

朱氏 [illegible]

翁氏 [illegible]

沈氏 [illegible]

董氏 [illegible]

陸氏庠生王臣妻性貞靜不苟言笑婚甫二載臣卒遺孤煢子訓育成立適舅姑遭飛殃幾不得出氏脫響珥救之舅姑及父母奄多親身經營年至古稀而卒參軍邱上儀私謚之曰節孝已題

吳氏蓮同士翹女郡庠生彭孫振纖室結褵二載生子甫及期月乙酉孫振奉父攜家避兵豐山三世同被害氏矢志勵節歷四十年懸舅姑像晨夕奉之如生邑令張素仁題彤管淸芬奬之已題

趙氏揮同徐同貞妾年二十餘寡無子或勸再適趙歎曰守志在我何論子之有無卒年九十有二道光三十年旌

徐氏郎中升貞女印鴻玉妻鴻玉父廷榮爲奴所弒驚痛得癇疾議罷婚氏堅從一卒歸印奉姑甚孝姑疾撫婦泣曰吾兒有托吾目可瞑矣遂卒既終喪攜鴻玉同至升貞家產薄不給女紅佐之鴻玉雖廢疾時其飢飽寒曖幾微無慍色人皆賢之郡縣督學皆旌表額題瑤池冰雪已題

呂氏水北舒葵妻年十七適舒踰年夫亡子筌甫三月氏拮据養姑教子成立守節六十二年已題

吳氏歙邑庠生畢文耀妻夫亡子粹濤甫六歲訓能成立後遷居溆水卒年八十五世稱節壽已題

孫氏胡承安妻年三十寡遺孤甚幼有利其孱弱而謀侵者孫郎卜吉兆于翠屏山陰以葬舅姑幷祔夫罄產不惜而覬覦者息勤儉率子逾三十年遂起家今子孫蕃衍書香不替咸豐元年題旌

馬氏庠生庭堅妹適海昌查翰芳年二十四寡上有白髮下有黃口親族諸人力爲慰藉勉進粥糜以代夫職及舅姑卒喪葬盡禮遺二叔尚幼氏撫之如子

卒皆聲振士林卒年五十有七族中哀之若培纖愼行嗣璪嗣珣祥爲文以祭

祝氏庠生王顯淸妻守節三十五年

萬氏庠生顯良妻守節五十一年一門雙節俱蒙乾隆二年詔旌

平氏繆君巍妻十九歲夫亡苦志守節上憲以操勵冰霜匾旌之

吳氏州同畢蕃昌妻夫早卒秉家政禦外侮綽有丈夫風已題

錢氏給諫紹隆女畢蕃昌子舍選國璋妻年十九夫亡生一子殤繼姪又早喪氏矢志守節孝養孀姑撫孫成立雍正八年旌

徐氏畢國璋子郡庠生建勳繼妻婚半載寡慟不欲生姑諭止之撫前子如己出學使李公表以汎柏齊馨額已題

沈氏趙志禧妻夫亡無子撫夫弟志裔娶娣富氏生子而志裔夭妯娌同心撫孤奉養翁姑已並題

陳氏趙廷璧妻年二十六寡撫子成龍成立治家嚴整尼覡不許入金粟等近寺不佞佛一往已題

錢氏朱之堂妻少寡苦守撫孤成立乾隆元年旌

吳氏朱觀光妻撫孤營兩世奄多苦節五十餘年乾隆五年旌

祖氏庠生朱之棟纖妻青年守節皓首完貞

敖氏吳澄懷妻苦節三十五年乾隆六年旌

陸氏 [illegible]

吳氏 [illegible]

趙氏 [illegible]

徐氏 [illegible]

呂氏 [illegible]

吳氏 [illegible]

孫氏 [illegible]

周氏 [illegible]

祁氏 [illegible]

萬氏 [illegible]

平氏 [illegible]

吳氏 [illegible]

錢氏 [illegible]

徐氏 [illegible]

沈氏 [illegible]

陳氏 [illegible]

錢氏 [illegible]

吳氏 [illegible]

祁氏 [illegible]

戴氏 [illegible]

廖氏 趙坤玉妻，二十九歲夫沒，撫孤廖章，事姑嫜惟謹，苦節自守，七十五而卒。

張氏 廖章妻，結褵四載，生子百日而夫亡，青年守志，上奉祖姑，下撫孤子，娶婦成立，卒年六十五，乾隆十五年已並旌。

韓氏 周雍伯妻，年二十九寡，親老子幼，力耕躬績以養，守節四十八年卒，已旌。

顧氏 黃有嚴妻，年二十一寡，無子，遂絕食，迨姑許守，始強食，嗣姪汝龍，督課游庠，苦節不二，已旌。

郭氏 周廣文妻，夫亡無子，觸階誓殉，父郭爾升以養姑力勸得止，迨姑沒，鬻田以葬兩世棺，已旌。

唐氏 王汝臣妻　朱氏 汝璉妻，兄弟相繼沒，唐年二十六，朱年十九，妯娌全操冰霜，共潔數十餘年，孝養舅姑，義方訓子，巡撫常公以一門雙節題旌，乾隆七年進主節孝祠。

裴氏 鍾典徽妻，夫亡，訓子其英，甫冠即能文，游庠，已旌。

湯氏 李紹飛妻，婚八月夫亡，得遺腹子，藉十指爲活，孝養孀姑，乾隆三年旌。

虞氏 吳應泰妻，年二十五夫亡，孝事親，事翁姑亦如之，嗣姪宏行，學使帥公給操凜冰霜額，已旌。

馮氏 監生吳振泰妻，年二十七夫亡，訓子嚴而有法，乾隆二十九年旌。

張氏 胡克榮妻，年二十夫亡，孝事翁姑不懈，守節四十年，乾隆五十年旌。

戈氏 孝子李商玉姪某妻，早寡無子，守節，撫姪君義爲嗣，孝養翁姑，及卒，喪葬盡禮，以壽終，已旌，建坊於宅。

詹氏 陳光貞妻，年二十八寡，氏幼失怙，事母至孝，及事舅姑，備盡孝養，撫遺孤成立，乾隆七年旌。

許氏 廪監生徐乾貞繼妻，夫故，撫前子如己出，訓以義方，不墜家聲，以壽終，已題。

萬氏 朱佐民妻，年十九寡，子女均無，立承祧子爲後，乾隆二十七年旌，建坊鮑郎浦南。

萬氏 監生張文淵妻第二，十九寡，撫孤宗栻成立，守節二十餘年，乾隆三十八年旌，建坊淡水村。

項氏曹氏 朱鴻妻妾也，年俱二十六寡，苦守，項卒年七十，曹卒年六十八，道光三十年並旌。

朱氏 舉人徐肇遴繼妻，甫婚即北上，客死都中，氏聞號慟欲絕，子然歸依母家，苦守五十餘年，已題。

謝氏 步驗林妻，年二十七寡，事姑孝，撫孤成立，雍正二年海溢，謂子隆裕曰：汝爲諸生，宜籌禦患之策。爰以築隄捍海條陳顯憲，題請修築，桑梓始慶安瀾，雍正六年已旌。

翁氏隝氏 貢生畢師誠妾，師誠沒，翁年二十八，鄔年二十三，並守節三十餘年，已並題。

吳氏 董友三妻，年二十二夫亡，守節終身，已題。

吳氏 庠生畢宏道妻，早寡，勤苦守節，人無間言，已題。

廖氏

張氏

韓氏

顧氏

郭氏

唐氏

朱氏

姜氏

湯氏

虞氏

馮氏

張氏

文氏

潘氏

許氏

葛氏

萬氏

項氏

曹氏

朱氏

謝氏

翁氏

陶氏

吳氏

吳氏

宋氏 朱之棋妻早寡守志撫孤成立道光三十年旌

馮氏 朱之来妻年二十八寡瞽目苦守卒年六十道光三十年旌

趙氏 吳驀舒妻年二十八而孀上奉老姑下撫孤子子亦早卒與媳許氏兩世苦節已並題

徐氏 王爾功妻早寡守節五十年已題

吳氏 鄔永章妻年二十三夫故撫遺腹子成立已題

彭氏 朱洸妻早寡上事老姑下撫幼子以節孝聞道光三十年旌

張氏 朱洸子之棻妻早寡無子女以苦節終已旌

陳氏 朱廣燾妻早寡矢志不二道光三十年旌

蘇氏 徐卓安妻早寡撫孤繩祖艱辛備嘗已題

王氏 吳佩音妻年十九寡苦守撫嗣子亘山孫守邦游庠督學帥公旌以節孝兼純壽八十已題

劉氏 王禹侯妻年二十寡子成立娶婦子又卒則撫其二歲之孫艱苦萬狀數十年志不灰已題

陳氏 北圍吳德璋妻年十九夫亡撫姪學義爲嗣卒年四十九已題

殷氏 周錫成妻年二十二夫亡無子姑亦沒撫字幼叔愛而有禮以姪爲嗣已題

步氏 吳士葵妻夫亡守節終身已題

徐氏 吳紹京妻夫亡訓子有成守節不渝已題

崔氏 吳峻峰妻夫亡誓志守節已題

顧氏 胡若瑛繼妻

朱氏 若琯妻娣姒也翁卽炳文顧年二十九夫亡朱年二十八夫亡食貧守節迭撫其孤盡瘁營葬翁姑並守節三十九年卒姚孝廉元模爲作雙節傳道光三十年並旌

許氏 庠生吳旌字君厚妻年二十九寡苦守養翁及沒喪葬盡禮以堂姪諸生賡雲爲嗣已題

莫氏 胡文思妻年二十六夫故撫夫兄之子本椅爲嗣不異已出以苦節終其身道光三十年旌

顧氏 胡恆可妻年二十五寡撫姪爲嗣事翁姑盡禮卒年四十六道光三十年旌

周氏 胡庭瞻妻二十六歲夫亡勵志撫孤守節已題

畢氏 陳二思妻夫故事姑撫孤不愧節孝已題

王氏 顧振元妻時振元扶病成婚十七日而亡氏篤志守節五十餘年嗣姪爲後與人所難已題

王氏 [illegible]

畢氏 [illegible]

周氏 [illegible]

顧氏 [illegible]

莫氏 [illegible]

許氏 [illegible]

[illegible]

顧氏 [illegible]

宋氏 [illegible]

崔氏 [illegible]

徐氏 [illegible]

步氏 [illegible]

殷氏 [illegible]

陳氏 [illegible]

劉氏 [illegible]

王氏 [illegible]

蘇氏 [illegible]

陳氏 [illegible]

張氏 [illegible]

袁氏 [illegible]

吳氏 [illegible]

徐氏 [illegible]

趙氏 [illegible]

馮氏 [illegible]

宋氏 [illegible]

查氏 庠生吳尹耕妻年二十八夫亡無子弁未有姪姒娌四人氏居長姑歿翁老氏順翁志和睦勤儉爲諸婦式後嗣姪爲子撫養成立年近七旬卒已題

顧氏 湯靖山妻年二十三夫亡守節已題

沈氏 湯玉峰妻年二十餘夫亡堅操守節八十令終已題

甘氏 湯留餘妻年二十四寡翁姑早亡遺幼叔歧豐八歲撫以成立完娶卒年六十二已題

沈氏 馬庭玉妻年二十七寡撫子之瓊成立生三孫至暮年子及兩孫相繼歿惟次孫國學生任洲在煢煢孤苦拮据終身卒年七十有三

祝氏 庠生周光海妻姑老癱疾賴左右扶掖姑歿三世七棺拮据以營葬子永厚庠生嘉慶二十年旌

祝氏 庠生朱猶龍妻早寡守節五十餘年壽八十三道光二十九年學使趙公光表以志節冰淸匾

項氏 朱從龍妻早寡守節五十八年道光三十年旌

吳氏 許兆亨妻年二十五寡撫姪爲子已旌

沈氏 吳揆暘妻年二十七寡守節四十餘年已題

倪氏 監生朱鐸妻早寡守節五十餘年壽八十八恩賜粟帛道光三十年旌

汪氏 吳文衡繼妻年三十寡止一女以姪東發爲後守節三十餘年嘉定錢竹汀宮詹撰傳已題

王氏 庠生陳鵬妻夫亡守節三十餘年已題

趙氏 畢奇年妻二十八寡守節五十四年已題

朱氏 庠生祝桂發妻婚二載夫亡以姪旦華爲嗣督訓游庠已旌

王氏 監生林萃新妻年二十九寡守節三十三年已題

周氏 監生朱璞妻早寡貞節可嘉道光三十年旌

閻氏 監生吳禮庸妾年二十六寡撫子揆中守節四十五年已題

吳氏 監生朱權妻青年守節壽八十又六道光三十年旌

方氏 庠生朱桂陵妻早寡苦守終身道光三十年旌

陳氏 監生畢茂周妻年二十八寡守節三十四年已題

韓氏 庠生畢星輔妾年二十三寡守節不二已題

朱氏 庠生馮人佺妾早寡矢志不二已題

張氏 州判朱左海妾早寡生一子寄籍階州列名庠序已題

蘇氏 敖天純妻，年三十夫亡，守節四十四年，已題。

董氏 敖惠年妻，年三十夫亡，節守四十年，已題。

俞氏 敖成連妻，年三十夫亡，守節三十二年，已題。

汪氏 畢衡州妻，年二十九夫亡，守節五十年，已題。

吳氏 陳宗賢妻，年二十五夫亡，守節四十八年，已題。

陳氏 吳文瀾妻，年二十九夫亡，守節三十年，道光三十年旌。

陳氏 監生方震奎妾，年二十七寡，守節五十六年，已題。

董氏 王載林妾，年二十六守節，道光三十年旌。

忻氏 吳遠模妻，年二十二婚，甫六月夫亡，撫從子禮嘉爲嗣，守節三十九年，已題。

畢氏 朱東輝妻，年二十四夫亡，守節三十九年，已題。

吳氏 陳東娶妻，年二十九夫亡，守節，已題。

張氏 庠生吳以敬妻，年二十三寡，家貧，爲人刺繡，得値以梓翁及夫生詩文集，撫二孤餘慶、同春成立，道光三十年旌。

許氏 庠生吳蓮伯妻，年二十四夫亡，訓子吳世基爲諸生，已題。

韓氏 吳金聲妻，年二十九夫亡，守節，已題。

費氏 步有仁妻，年二十七夫亡，守節，已題。

鄔氏 湯又銘妻，年十八夫亡，撫遺腹子周有成立，守節六十一年，已題。

姜氏 顧玉廷妻，年二十八寡，撫孤昌成立，矢志守節，卒年八十七，學使劉公旌以匾，已題。

沈氏 顧東阜妻，年二十九夫亡，守節五十二年，已題。

祝氏 顧廷華繼妻，年二十八夫亡，守節三十五年，已題。

顧氏 湯文侯妻，年二十九夫亡，無子，依從子世璉守節五十二年，已題。

王氏 湯荆山妻，年二十六夫亡，守節三十二年，已題。

許氏 湯禹維妻，年二十八夫亡，守節四十二年，已題。

步氏 湯靡昭妻，年二十八夫亡，撫孤汝梓、汝楫、汝夔，守節五十四年，已題。

韓氏 監生湯應箴妻，年二十九夫亡，撫孤允際，守節一十九年，已題。

鍾氏 湯汝安妻年二十九夫亡撫孤成立克繼家業守節六十二年已題

周氏 吳李才妻年二十一寡撫伯子通伯爲後嫁二女守節三十年已旌

步氏 庠生吳汝楫繼妻歸吳二月夫亡撫孤熙成立領乾隆丁酉鄉魁已旌

某氏 姜悅周妻夫亡撫子學憲何公給匾旌奬已題

徐氏 胡茂林妻年二十五夫亡矢志冰霜撫姪爲嗣孝事老翁苦節五十三年道光三十年旌

孫氏 陳鳴崗繼妻年二十九夫卒苦節五十年已題

阮氏 徐遠聲妻年二十八夫亡守節三十六年已題

殷氏 之輅女庠生宋漢璜妻年十九寡撫遺腹子存涵成立游庠已題

曹氏 李仁賢妻年二十五寡撫孤成立守節三十年已題

朱氏 陸正章妻年二十夫亡無子奉養翁姑守節三十二年已題

蔡氏 中立橋袁某妻年十八寡無子貧苦不堪日夜紡績度日守節三十二年已題

李氏 余泰貞妻早寡撫子鼎成立終身全節已題

查氏 吳天培妻年二十七夫亡撫養一子成立已題

蔣氏 楊汝舟妻年二十七夫亡無子上奉老姑紡績度日守節五十餘年

吳氏 梅園馮師謙側室年二十三寡矢志守節六十餘年已題

朱氏 孫秉中妻年二十四寡無子上事老翁無失禮後因薪水無給常寄居母家苦節以終已題

趙氏 陳御輪妻年二十四寡繼姪爲嗣卒年四十五已題

唐氏 趙曾三妻婚未一載夫亡無子孝養孀姑撫姪爲嗣苦節終身已題

吳氏 朱沅如妻年甫二十夫亡守節終身已題

陳氏 職員鍾樂成妻年二十八夫亡撫姪爲嗣守節三十九年已題

韓氏 周大賚妻年二十五夫故茹荼食辛守節至八十一歲已題

周氏 朱富年妻年二十二夫故勤苦守節四十七年已題

湯氏 朱龍壽妻年二十九夫故守節四十四年已題

湯氏 朱金元妻年二十二夫故矢志靡他守節至四十九歲已題

馮氏 朱金元妻年二十二夫故矢志靡他守節至四十九歲已旌

馮氏 朱龍壽妻年二十九夫故守節四十四年已旌

周氏 朱富年妻年二十二夫故勤苦守節四十七年已旌

韓氏 周大貴妻年二十五夫故茹荼食辛守節至八十一歲已旌

陳氏 [illegible]負鳴樂成妻年二十八夫亡撫姪為嗣守節三十九年已旌

吳氏 朱沅如妻年甫二十夫亡守節終身已旌

唐氏 趙曾三妻年未二十夫亡撫子孝養舅姑撫姪為嗣苦節終身已旌

趙氏 陳卿輪妻年二十四夫亡姪為嗣辛苦四十五年已旌

朱氏 孫秉中妻年二十四寡撫子上事老[illegible]依因薪水無給常居母家苦節以終已旌

吳氏 陳圖淵師誠側室年二十三寡矢志守節六十餘年已旌

蔣氏 楊汝舟妻年二十七夫亡撫子上孝老姑紡績度日守節五十餘年

查氏 吳天培妻年二十七夫亡撫養一子成立已旌

李氏 余秉貞妻早寡撫子成立終身全節已旌

葉氏 [illegible]中立傭遠某妻年十八寡無子貧苦不[illegible]日夜紡績度日守節三十二年已旌

朱氏 陳正章妻年二十二夫亡撫子孝養翁姑守節三十年已旌

曹氏 李仁貴妻年二十五寡撫孤成立守節三十年已旌

殷氏 [illegible]之縉女年[illegible]生未彌月[illegible]撫遺腹子存孤成立[illegible]已旌

阮氏 孫進繼妻年二十八夫亡守節三十六年已旌

孫氏 陳鳴崗妻年二十九夫[illegible]辛苦節五十年已旌

徐氏 胡成林妻年二十五夫亡矢志[illegible]孝事老翁苦節五十三年道光三十年旌[illegible]

某氏 蔡[illegible]同[illegible]公[illegible]妻[illegible]夫亡[illegible]已旌

步氏 [illegible]

周氏 吳[illegible]年[illegible]妻年二十一寡撫[illegible]守節三十年已旌

鍾氏 湯汝安妻年二十九夫亡撫孤立克繼家業守節六十三年已旌

朱氏 陳鳳池妻年二十三夫故撫子撫孫守節五十六年已題

顧氏 王紹戎妻年二十七夫故守節至五十七歲道光三十年旌

吳氏 梅園馮定國妾年二十三寡守節至八十八歲已題

茹氏 陳榮光妻年二十五夫亡遺孤開泰僅週歲翁姑早卒購地安葬撫孤成立艱辛備嘗守節五十四年嘉慶十二年旌建坊陳家兜

王氏 監生馬行龍繼妻年二十餘寡上事翁姑下撫孤子黼歷艱辛以壽終今貢生玉墀副車玉堂皆其孫也嘉慶一十六年旌建坊分水墩漾

韓氏 學生陳琪妻年二十九夫故守節以終嘉慶一十八年旌

曹氏 庠生王樹勳妻年二十九夫亡撫姪爲嗣守節二十七年嘉慶一十一年旌

方氏 庠生王朝輔妻年二十九夫亡撫姪爲嗣守節二十五年嘉慶一十九年旌

陳氏 郡庠生顧任妻婚甫二載夫亡遺孤僅八日撫養成立守節終身已題

沈氏 方慶全妻年二十九夫故撫姪起宗爲嗣守節二十六年已題

楊氏 方淮妻年二十六夫故守節家本貧鬻產爲翁姑及夫殯葬無子以嫡姪庠生履泰兼祧以延祭祀壽七十有八道光三十年旌

畢氏 監生方升妻年二十七夫亡苦志守節撫孤長淇監生次瑞徵庠生嘉慶二十三年旌

吳氏 庠生方駿妻年二十七夫亡側室陳氏甫產子景禧同撫養成立苦節以終道光三十年旌

翁氏 俞源妻年二十八夫亡僅有一女苦志守節孝事翁姑立嫡姪榮爲嗣娶韓氏方一載榮又卒韓年二十三撫遺腹子貽生成立已並題

顧氏 吳本履妻年二十九寡勤儉操持撫孤成立以苦節終已題

陳氏 敖載洪妻年二十九夫亡撫姪才良爲嗣茹苦嘗辛三十餘年已題

嚴氏 沈全眞妻早寡矢志不渝道光元年旌

周氏 吳德裕妻道光三年進主節孝祠

方氏 海寧州庠生宇棻女庠生胡芝生妻夫故遺孤錫康頌康俱幼教育甚瘁守節以終中丞烏給以冰霜勁節匾已題

李氏 孫宇春妻早寡苦守終身壽古稀道光一十二年旌

陳氏 孫映熹妻早寡孝事翁姑撫孤成立仲子丕基游庠道光一十二年旌

林氏 徐士廉妻青年守節教子成立已題

吳氏 庠生陳邦勳妻年二十八夫亡無子守節終身已題

黃氏 朱祥和妻年二十四婚五日夫亡家貧無子苦守終身已題

宋氏 [illegible]

顧氏 [illegible]

吳氏 [illegible]

蔣氏 [illegible]

王氏 [illegible]

韓氏 [illegible]

曹氏 [illegible]

方氏 [illegible]

陳氏 [illegible]

沈氏 [illegible]

楊氏 [illegible]

畢氏 [illegible]

吳氏 [illegible]

翁氏 [illegible]

顧氏 [illegible]

陳氏 [illegible]

嚴氏 [illegible]

周氏 [illegible]

方氏 [illegible]

李氏 [illegible]

陳氏 [illegible]

林氏 [illegible]

吳氏 [illegible]

黃氏 [illegible]

陸氏監生張青藻妻年二十七夫亡守節孝事孀姑撫姪履墀履圯如己出延師課督履墀有聲庠序氏本名家女明大義性不佞佛女適州同朱受垛爲繼室卒年六十三道光一十四年旌

王氏太學生周連珠妻年二十九夫亡撫孤履謙教有義方納粟成均年又不永撫諸孫慈嚴相濟季孫鵬海領道光戊子經魁皆氏承先啓後之力也勤儉終身壽七十六道光一十八年有旌

顧氏朱燃煥妻年二十三寡子甫週歲教養成立艱苦備嘗壽至八十有一已題

朱氏吳與齡妻年二十六夫亡紡績度日苦節二十八年卒已題

徐氏孫輔成妻年十八夫亡撫姪復亨爲嗣教養游庠一生苦節壽至九十三道光三十年旌

金氏黃克昌繼妻年二十五夫亡孝養翁姑喪葬盡禮撫夫兄克俊子中理兼祧爲嗣入貲列名國學長孫履元氏最鍾愛提攜備至後游郡庠一身勤儉苦節可嘉壽至六十有一道光三十年旌

徐氏監生朱濤妻年二十四寡孤甫四歲撫以成立守節三十三年道光三十年旌

萬氏監生徐坤揚繼妻年二十寡守節三十三年已題

朱氏吳壽齡妻年二十八寡守節二十八年已題

湯氏庠生吳枚妻年二十八寡無子苦節終身已題

蔣氏陳理安妻年二十八寡守節四十四年道光三十年旌

顧氏戈學言妻年二十六寡孝事邁姑撫姪爲嗣守節二十九年已題

韓氏沈如金妻年二十五寡守節至四十二年卒已題

朱氏吳伯言妻年二十九寡苦節終身已題

吳氏庠生陳德宏妻年二十六寡撫孤天球早卒媳吳氏年二十八撫姪孫英爲嗣苦守已並題

楊氏韓肇奇妻年二十八寡無子依食女家壽六十餘已題

沈氏步廷楨妻年二十三夫亡紡績度日苦守至七十二歲卒已題

步氏張綸妻年二十九夫故無子撫姪爲嗣苦節三十二年道光十八年旌

王氏李若愚妻年二十二夫故家貧苦守七十五歲卒道光三十年旌

祝氏盧元顯妻年二十六夫故撫孤成立荼蘗備嘗守節五十餘年已題

孫氏吳拱辰妻年二十三夫故守節終身已題

陸氏 [illegible]

[illegible]

王氏 [illegible]

[illegible]

顧氏 [illegible]

朱氏 [illegible]

徐氏 [illegible]

金氏 [illegible]

[illegible]

徐氏 [illegible]

萬氏 [illegible]

朱氏 [illegible]

馮氏 [illegible]

蔣氏 [illegible]

顧氏 [illegible]

韓氏 [illegible]

朱氏 [illegible]

吳氏 [illegible]

楊氏 [illegible]

沈氏 [illegible]

步氏 [illegible]

王氏 [illegible]

祝氏 [illegible]

孫氏 [illegible]

陳氏 吳會生妻年二十五夫故茹荼苦守終身已題

胡氏 許晉生妻年二十五夫故苦節以終已題

沈氏 陳播堂妻

沈氏 鳳浦妻以姊妹爲娣姒並年二十四寡苦節終身咸豐元年並題旌

錢氏 王兌初妻年二十一夫亡勞瘁撫孤守節四十八年已題

蘇氏 庠生趙周彪妾年二十五寡撫姪爲嗣守節四十六年卒道光三十年旌

褚氏 王顯達妻年二十八夫亡撫孤成立守節七十一年已題

鍾氏 王五峯妻年二十八夫亡守節撫姪爲嗣壽至九十已題

董氏 殷念菴妻年二十三夫亡矢志冰霜者五十六年已題

王氏 徐世祿妻年二十一夫故無子苦守終身道光三十一年旌

俞氏 監生陳柏松妻早寡同側室張氏撫孤成立心力俱瘁卒年五十六已題

張氏 監生陳柏松妾年二十五寡事嫡撫孤無失禮六十三歲壽終仲子賜隆孫廷熊維熊俱邑諸生道光二十七年旌

陳氏 柏松姪女適海昌監生朱維鏸爲繼室年二十七寡葬翁姑撫小叔及一子一姪以次完姻艱苦倍常卒年四十有五道光三十年旌

吳氏 方師禧妻年二十餘歸方氏事姑孝未周一歲姑歿師禧以家道艱窘就長沙郡尊恆公之聘游幕十九年未嘗一歸卒于旅邸訃至氏悲慟欲絕妯娌勸解之始甦念溶戀朱氏姻親由木瀆陳氏麻船將柩載歸次年擇日安葬然氏以夫之客死他鄉朝夕悲哭以成疾又二年卒以姪孫文彥爲嗣道光三十年旌

舒氏 陳泗妻年二十九寡事翁孝以夫兄淦次子錫蕃爲嗣游庠卒年五十三道光三十年旌

何氏 庠生陳鍇妻年三十寡孝事孀姑紡績餬口訓子深以義方入邑庠苦節道光三十年旌

畢氏 庠生陳錩妻年二十九寡守節二十一年道光三十年旌

徐氏 庠生孫丕基妻夫故以姪爲嗣子苦守卒年五十六已題

沈氏 陳名德妻年二十三寡事衰翁撫幼子苦辛百倍卒年五十二咸豐元年題旌

湯氏 陳汝霖妻年二十六寡撫姪期元爲嗣卒年八十有三已題

孫氏 顧炳如妻二十九歲夫故子一教養備至矢志不二勤于耕織家稍裕卒年五十九

朱氏 尹理傳妻年二十九夫故撫孤巽廷成立娶媳朱氏俱年不永以姪孫爲嗣煢煢自弔習儁科以營生晚招姪朱廷丹成同居以便扶持兼傳儁科壽至八十一已題

張氏 祝貽燕繼妻年二十九寡家貧竭力養翁姑撫孤成立營兩世葬未竣而卒年五十一已題

許氏 孫桂妻婚甫一載夫亡旋翁姑雙亡孝養祖姑徐撫小姑弱叔盡禮以苦節終

吳氏 顧武德繼妻年二十五夫故無子女飲冰茹蘗煢煢苦守卒年三十八

馬氏 介廉長女歸監生吳某字楠溪為室年二十三夫故生一子一女撫以成立卒年四十三

馬氏 董一妻早寡貧無立錐依母家居耕織度日撫孤茂成立娶婦生三孫壽至七十二

陳氏 張興餘妻年二十七寡一子殤苦志冰霜撫姪近春為嗣卒年六十一以下道光三十年旌

韓氏 顧瑞興妻年二十二寡撫遺腹子信義成立列名國學苦節至七十六年

姜氏 戈夢蘭妻年二十五寡苦守孝養翁姑卒年五十餘

沈氏 楊玉成妻年二十三寡苦守卒年四十一

沈氏 顧玉妻二十二歲夫故無子苦志守節以姪發源為嗣壽終六十八

任氏 庠生畢應槐妻年二十五夫故守節十八年卒

馬氏 庠生萬肇坤妻年二十九夫故守節四十一年卒

儲氏 戈鼎元妻年二十四夫故撫嗣子恩義甚篤卒年六十三

顧氏 戈敬章繼妻年二十六夫故夫兄欲奪其志潛歸訴父呈縣究治遂得堅志奉姑卒年五十五

丁氏 庠生湯際震妻年二十六夫故守節四十四年卒

吳氏 庠生湯槐妻年二十八夫故守節五十二年卒

吳氏 監生湯維妻年二十六夫故守節五十九年卒

祝氏 湯繹妻年二十七夫故守節六十一年卒

李氏 庠生湯齊繼妻年二十六夫故營葬兩世守節四十八年卒

沈氏 祝亦妻年二十三夫故守節至七十三卒

朱氏 祝瑞璜妻年二十九夫故守節十年卒

陳氏 祝枚妻年二十七夫故孝事老姑撫嗣子成立守節三十六年卒

顧氏 朱啟良妻年二十三夫故營葬舅姑守節五十九年卒

顧氏 吳心傳妻年二十二夫故祭葬極誠孝感里黨八十三壽終

范氏 邵履元妻，年二十九夫故，守節二十八年卒。

徐氏 夏陽顯妻，年二十二夫故，守節十八年卒。

沈氏 馬介惠妻，年二十婚，甫十八日夫故，以從姪爲嗣，守節至七十五歲卒。

陳氏 蘭溪教諭延讀次女，黃祖援妻，年二十二夫故，止生一女，[illegible][illegible]翁姑，撫經世約爲嗣，延師督課，有聲庠序。女適庠生張鈞達。道光二十一年旌。現年七十有四。

于氏 張疇林妻，年二十四夫故，撫子力田苦守，現年五十八，已題。

吳氏 畢秀堂妻，年二十九寡，苦志守節，現年七十四，已題。

馬氏 周徹生妻，年二十九寡，苦守，現年六十一，已題。

嚴氏 盧丹容妻，年二十一婚，甫一載夫亡，撫子矢志苦守，現年五十三，已題。

瞿氏 孫鄉年妻，早寡苦守，現年七十三。

陳氏 黃中原妻，年二十五夫故，一子旋殤，朝耕暮織，一生苦節，現年六十六。

趙氏 朱師濂妻，年十九夫亡，撫遺腹子成立，守節已四十年，已題旌。

張氏 周謹堂妻，年二十八夫亡，守節已四十二年，六里[illegible]人已題。

鍾氏 蘇紹良妻，年二十七夫亡，撫孤守節。姑臥病，一夕鄰火延燒，氏遂負姑冒烟突出。及殁，如禮安葬。現年七十。以下俱道光三十年

徐氏 陳乾貞妻，年二十夫故，事翁姑守節，現年六十八。

陳氏 畢長發妻，年二十五寡，苦守，現年七十三。

朱氏 李廷鑑妻，年二十一夫故，守節，撫孤成立，現年六十八。

顧氏 張二妻，年二十二夫故，貧無立錐，誓志不二，撫遺腹子成立，現年六十五。

舒氏 陳其恩妻，年二十六寡，孝事舅姑，甘旨不缺，子女俱撫，苦守，現年六十一。

張氏 陳育寶妻，年二十四寡，孝事姑，止生一女，適于綿黃翻清，撫姪孝，能如已出，現年五十九。

陳氏 李生方殿妻，年二十寡，撫孤成立，備極艱辛，現年五十八。

陸氏 吳徹妻，年二十九夫亡，三子俱幼，訓教有方，以次婚娶，現年六十五。

彭氏 顧瑞鳳妻，年二十八寡，子俱幼，苦志持家，現年六十二。

陳氏 張如山妻，年二十五寡，苦守，現年五十九。

謝氏 張景山妻年二十八寡苦守現年六十七

顧氏 庠生周純熙妻年二十八寡苦守撫姪兆鵬爲嗣入邑庠現年六十八

周氏 庠生湯瀠妻年二十九夫故遺三孤撫以成立竭力營葬兩世現年六十四

俞氏 庠生吳世基繼妻年二十九夫故姑殁力營葬事現年七十五

湯氏 陳堯春妻年二十九夫故苦守現年八十七

蔡氏 富闕通妻年二十九夫故苦守現年七十五

王氏 陳榮昌妻年二十九夫故苦守現年七十四

張氏 周克君妻年二十六夫故苦守現年七十四

金氏 徐長壬妻年二十九夫故晝夜紡織爲夫營葬撫嗣子成立現年七十九

徐氏 周永林妻年二十八夫故苦守現年七十

朱氏 胡光廷妻年二十三夫故苦守現年六十九

孫氏 監生許嵩繼妻年二十九夫故撫前子如己出現年六十七

諸氏 朱鳳林妻年二十二夫故撫嗣子成立現年六十七

沈氏 顧有祥妻年二十六夫故苦守現年六十六

韓氏 金榮春妻年二十三夫故苦守現年六十五

趙氏 朱芸暉妻年十九夫故苦守現年六十四

黃氏 黃敬宗妻年二十四夫故苦守現年六十二

朱氏 徐進元妻年二十八夫故苦守現年六十二

吳氏 胡福壽妻年二十七夫故苦守現年六十二

孫氏 許德凝妻年十五夫故撫嗣子成立現年六十一

翁氏 任勝賢妻年二十五夫故無以爲殮典質嫁資始得就木現年五十九

王氏 楊慶墉妻年二十八夫故苦守現年五十九

宋氏 陸三元妻年二十一夫故撫嗣子如己出現年五十九

黃氏 胡顯伯妻年二十九夫故苦守現年五十八

陳氏 陳敏生妻年二十七夫故撫嗣子成立現年五十七

鄭氏 吳乾吉妻年二十九夫故家貧矢志守節有助米者拒不受現年五十六

李氏 陳來章妾年二十八夫故苦守現年五十六

劉氏 吳紹芬妻年二十八夫故撫姪爲嗣現年五十五

朱氏 郭衡堂妻年二十六夫故姑患惡疾爲之洗滌不避穢臭教子極嚴燈下親辦句讀毋稍姌子弱冠游庠現年五十五

梁氏 周維楨妻年三十寡同嫡撫嗣子教養成立現年五十五

談氏 祝學恆妻年二十四夫故現年五十四

沈氏 吳蓉芳妻年十九夫故撫嗣子成立現年五十四

王氏 楊適駿妻年二十四夫沒結褵甫九月苦守現年五十四

楊氏 周宗濂妻年二十八夫故苦守現年五十四

郭氏 陳順有妻年二十八夫故撫嗣子教育備至現年五十三

屠氏 謝左才妻年二十九夫故孝養繼姑能代子職現年五十三

胡氏 郭署卿妻年二十九夫故姑患惡疾侍養湯藥寒暑不怠現年五十三

陸氏 朱品亨妾年二十九寡無子夫勸改適呼天自誓不二事嫡甚謹現年五十三

王氏 陳松營妻年二十三夫故撫嗣子成立營葬兩世現年五十三

陳氏 朱本清妻年二十九夫故苦守現年五十二

俞氏 陸可仁妻年二十九夫故苦守現年五十二

周氏 陸二生妻年二十九夫故苦守現年五十二

吳氏 黃維鏞妻年二十五夫故孝事翁姑撫孤成立現年五十六以下俱咸豐元年題旌

吳氏 顧學文妻年二十六寡生遺腹女事姑孝姑歿煢獨愈苦贅壻陳聖元爲後現年五十四

姜氏 孫元塏繼妻年二十九寡止生一女苦守現年五十

馬氏 國學生張祖猷妻年二十九寡子二教養備至得成立現年五十八

沈氏 胡芬妻年二十三寡遺腹得女又殤矢志守節撫夫兄靜次子保滋爲嗣現年五十六

萬氏 王翊懷妻年二十二寡家無甔石矢志不移撫遺孤備嘗艱苦現年五十一

萬氏

沈氏

馮氏

姜氏

吳氏

吳氏

周氏

俞氏

陳氏

王氏

陸氏

胡氏

屠氏

郭氏

楊氏

王氏

沈氏

談氏

梁氏

劉氏

朱氏

李氏

鄒氏

陳氏

黃氏王仲雲妻年十八夫故矢志苦守以堂姪熙文爲嗣現年五十一

張氏王本立妻年二十七夫故矢志苦守以胞姪熙壽爲嗣現年五十五

馬氏張德基妻年三十夫故矢志不二孝養翁姑以姪爲嗣現年六十二

步氏陸福元妻年二十九夫故子女俱無苦守現年五十一

林氏陳鍔妻年二十八夫故苦守現年七十一

陳氏朱三公妻年二十五夫故苦守現年六十七

祝氏王芬妻年十九夫故苦守現年六十四

姚氏張美忠妻年二十八夫故苦守現年六十一

嚴氏黃耀中妻年二十九夫故苦守現年五十九

郭氏金生妻早寡苦守現年五十七以上咸豐元年已題旌

吳氏步昇安妻夫亡撫遺腹子守節以終已題

沈氏陳呂其妻年二十一夫故代事翁姑無不盡禮守節四十年

胡氏子英女呂其子奕增妻年二十六而寡事孀姑沈撫幼嗣幹貞苦守二十七年乾隆十一年並旌

楊氏幹貞孫典文妻年二十七寡遺孤貽謀甫八月教撫成立奉養翁姑母之嗣迎養至家各盡其禮鄰里稱之守節五十餘年壽八十嘉慶十二年旌建三世節孝坊於劉家堰橋北首道光十年進主節孝祠

孫氏朱迎安字寧安妻夫亡止遺三女撫夫從子瀛求爲嗣拮据以葬其夫年五十八卒已題

胡氏楊西崑妻年二十寡撫繼子娶媳繼子夭復撫孫以續宗祧乾隆四十二年旌

吳氏陳蘭孫繼妻進士懋政女也年十九寡遺孤僅二月復殤撫姪柏松爲嗣卒年四十有四進士有傳紀其略乾隆五十二年旌建坊於報恩橋側

萬氏張宗鼎妻年二十餘歲寡撫孤以成壽終仲子純熙出嗣族伯欽賜舉人乾隆五十九年旌

朱氏張嘉玢妻年二十餘夫亡撫姪爲嗣主理家政嚴而有法已旌

郭氏祝檣良側室貴州人時檣良爲天柱令納氏爲側室在署數年頗資內助檣良卒於官氏爲扶櫬歸里急圖安葬檣良之嗣氏歸後即請命族中議爲立後得延宗祀可敬可嘉已題

趙氏湯遠昭妻年十七而寡慟欲殉節翁姑以年老曲諭始改顏承歡二人守節七十餘年已題

陳氏顧宗維妻年二十九夫故撫孤訓女備極艱辛卒年四十九女適邑增生周光錫已題

許氏湯汝能妻年二十餘夫卒苦節撫孤有成已題

許氏 故□□妻，年二十餘夫卒，苦節撫孤，有成，已故。

陳氏 辛宗維妻，年二十九，夫故，守節撫女，適邑人。故年七十，節操已著。

趙氏 曲沼□□妻，年十七而寡，守節以終，已故。

旌後可得嘉慶已宗題可。

郭氏 良□□妻，年□□，夫故，守節，已□旌。□以□□□，□□良□安分，□□奉□，□□□□，□命□中，□内□□。

朱氏 □主□□妻，年二十餘，夫亡，已□，□□旌。

萬氏 □□□妻，年二十餘，夫故，以□□十九年，□□□□。

吳氏 □□□妻，年四十，有□，進士□□，□女也。其年□十九，□□五十二年二月，□□□□，□□□□，□□□□。

胡氏 □□□妻，年二十，□□□，□□十二年，□子。

孫氏 □□□妻，年□□，□□□，夫亡，年三十八，卒，已□旌。

楊氏 □□□□，□□□，□□□□，□□之□，□□□□，□□年二十七，□□□□，□□□□，□□□□，□□□□，□□□□，□□□□，□□年□□。

劉八□□□□十二□□，光十□年進三十□□□□□。

漵水新誌 卷十 列女 七十五

沈氏 □□□□□□，□□□□妻，年二十一，守節四十年，□□□□。

胡氏 □□□□□妻，年二十七而寡，守節二十六，□□。

吳氏 □□□□妻，以夫亡，節已旌。

郭氏 以□□□□妻，年二十七，守節五十年，已旌。

嚴氏 □□□□妻，年二十五，守節九十夫。

姚氏 □□□□妻，年二十六，守節十八，一夫。

祝氏 □□□□妻，年二十六，守節十九，四夫。

陳氏 □□□□妻，年二十六，守節十五，七夫。

林氏 □□□□妻，年二十七，守節十八，一夫。

步氏 □□□□妻，年二十九，守節十□，一夫故。

馬氏 □□□□妻，年三十，以節十六，夫故，守□二十。

張氏 □□□□妻，年二十七，守節五十五，夫故。

黃氏 □□□□妻，年十八，守節五十一，夫故。

吳氏陳雲儀妻年二十八夫卒苦節三十餘年已題

陳氏學義女歸茶院種二歲夫死年十七貧無所依乃返母族守節相其弟以成家壽八十已題

張氏周似坡璣妻年二十五夫死守節五十餘年六里堰人已題

顧氏吳恂菴妻年二十七夫亡守節十五年卒六里堰人已題

顧氏庠生舒雲球妻年二十七夫故苦守現年五十四

鍾氏姚烈宏妻年二十九夫故苦守現年五十二

馬氏沈士庸妻年二十一夫故翁欲嫁之誘以下船氏覺奮身入河遂得脫力耕自矢現年五十一

年未五十及年三十外夫故守節例盡旌

吳氏庠生方有壬妻年二十六夫故現年四十六

舒氏朱本仁妻年二十四夫故現年四十五

朱氏郭時和妻年十九夫故現年四十五

董氏陳坤妻年二十二夫故現年四十五

周氏謝慶雲妻年二十一夫故撫承祧子現年四十三以上道光二十九年學憲趙公光並給志節冰清匾

徐氏周興妻年三十三夫故現年五十二

郁氏庠生陳濬妻年二十九夫故現年四十九

馮氏金應士妻年三十七夫故現年四十九

楊氏諸嘉亨妻年二十七夫故現年四十八

朱氏姚烈成繼妻年二十五夫故現年四十五

楊氏庠生吳源嵋妻年二十五夫故現年四十五

萬氏庠生吳源崙繼妻年二十甫婚四月夫故現年三十五以上咸豐元年學憲吳公鍾畯並給志堅從一匾

董氏海寧州庠生時春妹胡文瀾妻文瀾積學功深郡邑試屢列前茅不售賫志以終董時年三十孝養翁姑無子撫姪爲嗣如己出守節已十九年現存

金氏庠生胡奎妻年二十夫故矢志不移事姑能盡婦道守節已十九年現存

王氏國學生信如女胡文江妻幼嫻母訓素明大義年二十四而寡矢志不二守節已十餘年現存

王氏胡舜青長子國學生炳星妾年二十六寡事嫡恭敬矢志不渝勤於力作守節已十七年現存

張氏 鄉飲賓純煒次女，有淑行，適海昌國學生章敏爲繼室，孝養翁姑。夫早故，翁以哭子兼年飢民擾，驚得瘋疾，氏時其飢飽寒燠，侍奉益謹，撫二遺孤，寬嚴並濟，延師督課，不少事姑息，井臼親操，備嘗甘苦，不愧女中丈夫。守節已十餘年，現存。

烈女

林烈女 夫家失考。德清慼芸生瀲浦林烈女詩云：痛心舉室媚金夫，百世休教白玉汚。不少林間姑惡鳥，聽來海上尚慈烏。見寶硯齋詩。已題

陸烈女 潤雲女，李玉如聘妻也。未婚而玉如卒，女時年十九，聞訃號慟幾絕，請命於父，將歸李守志，事不允，退而荆欽孝髻，投河死。道光三十年旌。

方烈女 監生啓文女，吳咸淳聘妻。未婚夫故，女聞訃，誓死，以父命未決，越兩月有議婚者，遂絕粒七日卒，年二十八。道光三十年旌。

烈婦

朱烈婦 步橋妻。嘉靖間遇倭寇，欲汚之，不從，抱幼子投愬溪橋下，母子同死。已題

某烈婦 失其姓氏。吳麐士斲冰軒詩集曰：節婦者，瀓之舟里山人也。父兄家世儒，婦年若干歸龍山某，伉儷甚篤，與夫同植二竹於庭。俄而夫所植之竹死，婦幷斬其一，曰：安有同生而不同死者？後夫病，婦日夕禱，願以身代，夫竟死，婦慟哭憑棺自刎，家人抱持得不死，久而頸痕不滅。會歲荐飢，悉出鬻珥付老僕營息，供饔，而利其所有者，因勸令改適求活，婦初峻拒，後審其有所諾，遂默不語。其人謂有去志，私自喜。或告婦以某日來聘者，婦不答，其人益喜，屆期委禽者在門，雉經者在室矣。因作悼節婦詩曰：一死何難萬古香，誰家紅粉荷綱常。蝤蠐早決甘同穴，耿雉終懸恨繞樑。吹斷紫簫休引鳳，滴殘淸淚盡成湘。護持白璧原歸趙，笑向泉臺覓阮郎。○按續圖經引斲冰軒詩載某烈婦，未詳姓氏，後讀吳采山物表亭集有馮烈婦傳云：距澉浦之十里舟山人也，方知烈婦姓馮。已題

張烈婦 澉民祝文先妻。文先病劇，婦禱於天，願以身代，泣告夫，願相從地下。無何，文先氣絕，婦急投池死。既而文先復甦，則婦果代之矣。已題

朱烈婦 楊廷鎧妻。崇禎癸未甲申間，所在寇盜蠭發，隨夫避處豐山。俄而盜至，見婦有色，殺廷鎧，逼取婦，不從，賊支解之，罵不絕口死。已題

崔烈婦 諸生黃一卷妻。乙酉避兵石馬山，聞兵至，與一卷哭別曰：事急矣，若挈二子以存宗祀，我偕二女以存節孝。先投幼女於蓮花池，與長女奮身躍入水死。已題

朱烈婦 絳州知州學忠女，廱監生徐乾貞妻。乙酉避兵豐山，同二婢商氏、顧氏伏草中，兵登高見之，執朱，朱曰：我徐秀才妻，誓不辱。問秀才安在，朱冒之曰：我安知？兵露刃牽之，詈益厲，遂見害。二婢亦不屈死。彭孫貽有誄詞。順治三年巡按御史王公旌表。又有干氏女，兵牽髮而走，引手奪其髮，殉元，髮猶握也。康家橋婦與姑俱執，而嫂不行，抱橋罵之，兵貫以鏃，沉水死。已並題

鍾烈婦 捄紫雲村采昭客死婦。年二十六，一子幼，族有強爲媒而謀匹之者，遂自經死。已題

某烈婦 姓氏未詳。繭窩集云：甲午之冬極寒，野澤多堅冰，有某村娶婦者，驅車過其上，婿前，冰裂而陷，死焉。婦車至，止岸側，衆皆驚失措，婦呼於車，欲出覷，啓車出之，則一躍投冰，亦死。共哀異焉。

朱烈婦 吳巨川繼室念夫未得子勸納前室王氏媵婢蕙蘭為妾相處無間言及巨川猝病垂絕婦自縊死學使金公給節烈可風匾旌其廬時年二十八歲蕙蘭姓沈氏痛夫主主母同日慘死懟夫主仲兄進明次子紹思為嗣以終主母之志時有族人因其年少將強之使嫁沈吞鏹及碗鋒求死亦不害族人驚異遂寢其事無何紹思又故貧窶益甚艱難守苦五十餘年一門雙節○按續圖經祇載朱烈婦事沈氏從略茲從采輯遺稿詳悉補之已並題

孫烈婦 潘文昇妻紫雲村農女也舅姑早亡夫婦力耕自給生一男甫二歲文昇死孫年二十二夫有叔二日昇叔明叔明周以錢粟日昇無賴潛許嫁于鍾孫矚知卽續麻為繩匿之一日日昇來曰我憐汝少已善為汝地今日當娶汝孫默不應設杯羹奠其夫自縊死有頃日昇偕娶者至披其帷已氣絕矣時康熙壬申八月二十二日也去文昇死纔一月耳海昌編修沈珩有傳已題

王烈婦 庠生采榮女儒童周璥妻甫婚而夫亡有強為媒者投繯死咸豐元年題旌

姚烈婦 方大玉妻湖州人時大玉賈于湖郡年踰五十無子納姚未幾以疾終於旅次姚悲號幾絕既而扶柩歸溆纔二月自經死嘉慶十一年旌

祝烈婦 國學生高攀女諸生胡鶴妻鶴號藹人銳於進取文日益工大為邑尊盧公昆鑾所契重秋闈報罷怏怏失志遂病不起祝時年僅二十三水漿不入口者數日誓以身殉姑百計勸之勉強進粥未幾竟以哀毀卒

查烈婦 庠生王梯妻梯病篤查日夕不安但云余心已碎矣夫卒遂吞金以殉

卜烈婦 胡穀之妻婚甫一載夫故服闋絕食卒年二十六道光三十年旌

賢母 壽母

王氏 處士吳少梅母令尹之英司冠中偉從大母也隱溆湖上自食其力歲己丑母壽百歲齒足以咀鹽梅明足以手鍼縷處士壽七十歲心貌若童子族人相率繪母子杖履圖以祝耆昌為作序

朱氏 太常寺卿吳麟徵妻幼有女德父有庶子氏愛之有加恩太常居官廉苦氏佐以淡泊後聞太常殉難驚號不食濱死母氏強以溢末進蔬食終身越十五年而卒

齊氏 徐鍾元副室隨鍾元之任粵西因鍾元齋表至京值兵變挈幼子飢走荒山避跡獞箐歷盡艱苦十年始歸長子中道隨嫡母朱靄人在家甫十歲又側室王氏子甫二歲追歸時鍾元已卒朱王亦相繼卒氏撫養己子及王所出王子俱至成立不墜家聲眞女中丈夫壽八十二道光三十年旌

沈氏 朱成妻生有淑德相夫教子不愧班曹邑令張公素仁題冰壺玉映匾壽八十一子文玉

楊氏 封刑科給事中錢萬寔母早寡撫孤壽九十有五

楊氏 庠生徐傑元妻早寡撫孤壽九十道光三十年旌

宋氏 陳尚謙妻青年孀居歷盡艱辛冰操愈凜壽九十有六

吳氏 鄉飲賓方震齡妻幼慧父訓蒙與妹刺繡堂後聽所授書皆成誦歸方後妯娌議析產涕泣勸止震齡客他方有所入分贍戚族之貧乏者妹寡周之終

其身夜集子婦及諸生論說古今嘉言懿行以爲勸戒子士高士奇

徐氏 胡子英妻性純粹敬奉孀姑能先意承志姑亦愛之如女夫婦相敬終身未嘗反目接人和煦姻婭賢之壽八十三冢媳陳氏爲仲妻逮事王姑無失德勤操作寡言笑闔範肅然壽八十四歷任鄞縣教諭以謙卽曾孫也

吳氏 諸生喬妹國學生胡景瀾妻性淑慎有口德事姑能曲意承歡敬夫如賓與物無忤善御下不事鞭扑而無不率教婢嫗咸感其恩少時日者皆謂年不逾五十後至六十五終身以爲厚德所延

吳氏 陳殿寧妻年四十一寡教二子鵷鶴游庠壽一百一歲乾隆五十五年詔旌貞壽之門建坊

王氏 吳喬妻有淑行生於康熙三十三年卒於嘉慶七年壽一百九歲

陸氏 鄉飲賓吳本智妻親操井臼佐夫治家漸臻饒裕本智故後教子孫寬嚴相濟未冠皆游庠七秩誕期戚族餽祝分悉却之不受以所積金舖市中街道

褚氏 王顯達妻壽九十九

宋氏 郡庠生沈應泰母壽九十一宋沈老橋人

徐氏 孫輔成妻壽九十三

沈氏 郡庠生濂女國學生胡煜如妻淑慎性成敬翁姑和娣姒夫故遺孤五並幼盡瘁撫育教以義方子靜芝生敬釗孫賡肇基並列庠序兄家及姑家皆貧

周之不倦喪葬咸取給焉凡恤孤施材諸善舉無不與學使卓公秉恬給懷貞履潔匾音以表之壽九十有二已題

周氏 庠生光海女行欽賜舉人張純熙繼配幼承父訓長化夫闔範鄉里稱之壽九十一

舒氏 郡增生雲和姊胡朝楹妻朝楹性純粹未嘗有疾言遽色接人以誠終其身不爲一已甚事舉鄉飲賓舒治內有法恩威並濟家範肅然喜儉素勤操作和於妯娌雍雍如也聞有同室相爭者必以戒子婦佐夫教子子若孫多列庠序壽九十三

戈氏 增廣生鳳輝從姪女嫁爲小山張某妻家貧自食其力絕不聞交譎聲惜子早卒壽百有五歲

胡氏 王思巖妻庠生樹勤母壽九十有三

顧氏 張振奇妻夫故無子女煢獨自弔壽九十有三

鄒氏 俞德全妻現年九十四

溆水新誌卷十終

鄒氏 [illegible]

胡氏 [illegible]

戈氏 [illegible]

顧氏 [illegible]

舒氏 [illegible]

周氏 [illegible]

沈氏 [illegible]

徐氏 [illegible]

宋氏 [illegible]

蕭氏 [illegible]

陸氏 [illegible]

王氏 [illegible]

吳氏 [illegible]

倪氏 [illegible]

徐氏 [illegible]